AF399497

Olaf Büttner wurde in Wilhelmshaven geboren. Sein Roman "Sommersturm" erhielt den DeLiA-Literaturpreis. "Die letzte Party" wurde u. A. für den renomierten Hansjörg-Martin-Preis als bester deutscher Jugendkrimi nominiert. Neben seiner schriftstellerische Tätigkeit arbeitet der Autor als Sozialpädagoge mit behinderten und verhaltensauffälligen Jugendlichen.

OLAF BÜTTNER
DIE FRAU AM SEE

Überarbeitete Neuausgabe Mai 2023

Copyright © 2023 dp Verlag, ein Imprint der
dp DIGITAL PUBLISHERS GmbH
Made in Stuttgart with ♥
Alle Rechte vorbehalten

Die Frau am See

ISBN 978-3-98778-414-9
E-Book-978-3-98637-910-0

Covergestaltung: Susanne Kayser
Umschlaggestaltung: ARTC.ore Design
Unter Verwendung von Abbildungen von
shutterstock.com: © Scorpp, © Andrei F, © Virrage Images
Lektorat: Daniela Höhne
Satz: dp DIGITAL PUBLISHERS GmbH
Druck und Bindung: Books on Demand GmbH, Norderstedt

1

Der Tag, an dem alles begann, war ein kühler, sonniger Frühlingstag. Emily Hansen kam in ziemlich aufgewühlter Verfassung nach Hause und machte sich sofort über den Computer her. Dass sie dabei solche Eile hatte, war ungewöhnlich. Sie hatte das ganz besondere Gefühl, dass sich in der Sache, die sie seit Tagen beschäftigte, endlich etwas Entscheidendes getan hatte. Und ihre Gefühle täuschten sie nur selten.

Schon auf dem Heimweg war sie so ungeduldig gewesen wie nur selten. Jetzt endlich saß sie vor dem Monitor. Sie gab das Passwort ein, das Lena, ihre beste Freundin, und sie sich ausgedacht hatten: KAKTUS-BLÜTE. Sie konnte es kaum erwarten, dass das Postfach sich endlich öffnete. Tatsächlich war eine Nachricht eingegangen.

Die Adresse hatten sie eigens für ihren Vater eingerichtet, wovon er allerdings nichts wissen durfte. Das Passwort hatten sie aus zwei Gründen gewählt. Erstens waren Kakteen seine Lieblingspflanzen und zweitens sollte das, was Emily für ihn suchte, so was wie die neue Blüte seines Lebens werden.

Das Postfach bestand jetzt seit vier Tagen. Natürlich war dies nicht die erste eingegangene Nachricht, denn ihre Anzeige hatten sie in drei oder vier Kontaktseiten aufgegeben. Alle bisherigen Antworten hatten sie sofort gelöscht, da sie entweder banal waren oder anbiedernd.

Diese hier war dagegen schon auf den ersten Blick etwas Besonderes. Das fing mit der Länge an. Keine lieblos hingehauenen zwei Zeilen, aber auch nicht gleich ganze Romane, in denen die Verfasserinnen schamlos ihr Leben vor einem immerhin *Unbekannten* ausbreiteten. Ausgedruckt war dies hier ungefähr eine halbe Seite. Emily fand, das war eine gute Länge.

Auch der Tonfall des Briefes war okay. Die Worte klangen freundlich und interessiert, aber nicht aufdringlich. Selbst sie hätte Lust gehabt, diese Frau kennenzulernen. Und sie war ein Mädchen und gerade siebzehn Jahre alt. Wie musste es da erst einem sechsundvierzigjährigen Mann gehen, der seit Ewigkeiten ohne Frau lebte?

Sie las den Brief sechs oder sieben Mal. Ungefähr nach dem dritten Mal mischte sich leichte Nervosität in ihre Begeisterung. Als sie schließlich den Brief beiseitelegte, war diese zur nackten Panik mutiert.

Bei der Bewerberin handelte es sich fraglos um eine ernstzunehmende Kandidatin. Und Emily hatte keinen Schimmer, wie es jetzt weitergehen sollte. Eigentlich hatte sie nie geglaubt, dass sie tatsächlich jemand finden würden, das wurde ihr in diesem Augenblick bewusst.

Sie rief bei Lena an, schließlich war das alles ihre Idee gewesen. Und Lena hatte eine besondere Eigenschaft: sie wusste *immer* irgendwie weiter. Auch dieses Mal blieb sie, selbst nachdem Emily ihr alles gesagt hatte, ruhig und entschlossen.

„Ist doch super", sagte sie unbeirrt.

„Aber ...“ Emilys Stimme klang fast verzweifelt.

„Nichts aber. Komm bei mir vorbei. Dann überlegen wir, was wir als Nächstes tun.“

„Kannst du nicht lieber hierherkommen?“ Dann würde sie Zeit haben, den Brief noch weitere zehn bis zwölf Mal zu lesen.

„Unmöglich. Pupsi schläft. Ich kann nicht weg.“

Pupsi war ihr nicht ganz zweijähriger Bruder. Eigentlich hieß er Alex, aber Lena nannte ihn ausschließlich Pupsi. Erstens gefiel ihr *Alex* nicht, und zweitens hatte er fast immer Blähungen.

„Na gut“, sagte Emily. „Ich bin gleich da.“ Sie wollte auflegen.

„Und bring ein Foto von deinem Vater mit. Natürlich ein supergutes.“

„Aber ...“

„Jetzt sag nicht, du hast keins?“

„Doch, aber ...“

„Dann bring es einfach mit.“

Mit diesen Worten legte sie auf. Emily wünschte sich, sie hätte nie bei ihr angerufen. Sie konnte doch nicht einfach ... Dann fiel ihr ein Spruch ihres Vaters ein: *Wer A sagt, muss auch B sagen.* Was natürlich stimmte. Sie hatte mit dieser Sache angefangen, also durfte sie auch jetzt nicht kneifen. Der zweite Schritt war immer nur die notwendige und logische Folge eines ersten, den man gemacht hatte.

Widerstrebend holte sie das dicke, rote Fotoalbum aus dem Bücherregal im Arbeitszimmer ihres Vaters. Das Bild, nach dem sie suchte, war noch nicht mal eingeklebt, so neu war es. Sie steckte es zum Schutz in eine

Mappe und machte sich auf den Weg zu Lena, die seit Neuestem einen Scanner hatte.

Seit neun Jahren wohnte Emily mit ihrem Vater alleine, denn ihre Mutter war gestorben, als sie acht war. Eine Lungenentzündung war bei ihr zu spät entdeckt worden. Das war nun mehr als ihr halbes Leben her, aber ihr Vater war noch immer nicht drüber hinweg. Emily verstand das sehr gut, denn auch sie selbst war es nicht. Gleichzeitig war sie der Meinung, dass das Leben weitergehen musste, auch für ihren Vater.

Bis vor Kurzem hatte sie darüber allerdings kaum nachgedacht. Eines Tages aber hatte Lena sie gefragt, ob ihr Vater eigentlich nie eine Freundin hätte oder wenigstens etwas Ähnliches.

„Ich glaub nicht“, hatte Emily geantwortet. Allein die Frage war ihr fremd.

„Komisch“, hatte Lena gesagt. „Er ist doch … ich meine, er sieht doch noch ziemlich gut aus. Für sein Alter.“

Emily hatte sich noch nie Gedanken darüber gemacht, ob ihr Vater attraktiv war oder nicht. Er war schließlich ihr Vater, da war es egal, wie er aussah. Aber wahrscheinlich hatte Lena recht: er war nicht hässlich.

„Interessiert er sich nicht für Frauen?“, hatte Lena nachgehakt. Emily hatte keine Ahnung, woher sie das wissen sollte. Sie hatte noch nie darauf geachtet.

Das änderte sich von nun an und schnell stellte sie fest, dass seine Reaktion auf Frauen fast immer gleich war: Er war freundlich und höflich. Nicht weniger, aber auch nicht mehr. Dabei schien es völlig egal, wie alt eine Frau war oder wie sie aussah. Wenn tatsächlich mal eine dabei war, die ihn näher interessierte, dann konnte er es jedenfalls ziemlich gut verbergen.

Als Nächstes hatte Emily unter die Lupe genommen, wie Frauen auf ihn reagierten. Und schnell war ihr klar geworden, dass fast jede einen zweiten Blick riskierte. Manche drehten sich sogar heimlich nach ihm um. Sie bemühten sich, ihn so anzulächeln, dass er es nicht übersehen konnte. Er übersah es trotzdem.

Lena fragte sie, ob er vielleicht schwul wäre.

„Quatsch. Gäbe es mich dann?"

„Ganz schön naiv." Lena grinste. „Tausende schwule Männer haben zur Tarnung Familien."

„Er ist *nicht* schwul." Emily hatte nicht den leisesten Zweifel. „Es ist einfach, weil er meine Mutter noch liebt. Verstehst du?"

„Na klar versteh ich", meinte Lena. „Aber gut ist das nicht."

„Willst du ihn vielleicht verkuppeln?", fragte Emily lapidar.

Sie begriff nur langsam, dass sie damit den Nagel auf den Kopf getroffen hatte.

Je länger sie ihren Vater beobachtete, umso sicherer wurde sie, dass er nicht wirklich glücklich war. Er arbeitete als Lektor in einem wissenschaftlichen Verlag. Er liebte seine Arbeit. Er hatte nette Kollegen. Er hatte Freunde. Und er hatte sie, seine Tochter. Trotzdem glaubte Emily immer mehr, dass er im Grunde seines Herzens einsam war.

Sie glaubte, es an seinen Augen zu sehen, die selbst dann ein bisschen traurig schienen, wenn er lachte. Sie hörte es an seiner Stimme, die fast immer etwas müde klang. Und sie erkannte es in seinem Gesicht, wenn er dachte, sie schaue anderswohin.

Schließlich brauchte Lena sie nicht mehr zu überreden. Sie war jetzt auch so ihrer Meinung, dass es keinen Sinn machte, wenn ihr Vater bis an sein Lebensende ihrer Mutter nachtrauerte. Er musste wieder lernen, nach vorne zu schauen. Und dafür war es gut, wenn er eine nette Frau kennenlernte. Eine, zu der er nicht einfach nur höflich und freundlich war.

„Wie wäre es mit Kris?", schlug Emily eines Tages vor. Kris war Lenas Mutter. Ihr richtiger Name war Kristina, aber alle nannten sie nur Kris, denn sie war ein ziemlich lockerer Typ und wäre vielleicht lieber Lenas Schwester gewesen als ihre Mutter.

Insgeheim hatte Emily damit gerechnet, dass auch Lena in diese Richtung dachte, hatte sich aber offenbar getäuscht. Lena bekam einen Lachkrampf.

Sie saßen gerade in Emilys Zimmer. Lena warf sich aufs Bett, um sich dort minutenlang hin- und herzuwälzen und sich nicht mehr einzukriegen. Emily hatte keine Ahnung, was sie an ihrem Vorschlag dermaßen lustig fand. Ihr selbst erschien er nicht mal ansatzweise komisch.

Immerhin war Kris ebenfalls alleinstehend, auch wenn ihr Mann nicht gestorben war, sondern *ab durch die Mitte*, wie Lena es ausdrückte. Dieser Mann war Lenas Vater, der inzwischen eine neue Familie mit drei weiteren Kindern gegründet hatte. Pupsi war das viel spätere Produkt eines *One-Night-Stands*. Zu Pupsis Erzeuger gab es keinerlei Verbindung, Lena kannte nicht mal seinen Namen.

„Was gibt's denn da zu lachen?", fragte Emily schließlich.

„Eigentlich nichts." Fast schlagartig war Lena wieder ernst. „Aber dein Vater und Kris, das passt einfach nicht. Sie sind so verschieden wie Sonne und Mond."

„Die geben als Paar aber auch was her", meinte Emily. Ihre Worte erschienen ihr fast poetisch.

„Aber nur wegen der riesigen Entfernung dazwischen", meinte Lena trocken. „Sonst könnte das auf keinen Fall klappen."

„Immerhin kennen sich die beiden schon", warf Emily ein. „Wenigstens ein bisschen."

Vor ein paar Jahren hatte Kris Fotos für ein oder zwei Bücher in seinem Verlag gemacht. Sie war Fotografin.

„Eben", gab Lena zurück. „Oder hältst du die beiden für blöd?"

Wahrscheinlich hatte sie recht. Garantiert hätten sie selbst gemerkt, wenn es zwischen ihnen gepasst hätte.

„Uns bleibt nur eine Kontaktanzeige." Voller Entschlusskraft schaltete Lena ihren PC ein. „Übers Netz ist das kein Problem."

Das klang nicht gerade, als sei sie Neuling auf diesem Gebiet. Aber genau genommen klang bei ihr selten etwas, als sei sie Neuling. Egal um was es ging.

2

Keine halbe Stunde später hatten sie ein Foto der Unbekannten. Es kam als prompte Reaktion auf das Bild ihres Vaters. Sie lebte in Oldenburg, das passte schon mal, Oldenburg war keine fünfzig Kilometer entfernt. Auch sonst waren die Mädchen begeistert, fanden die Dame sehr hübsch. Sie hatte dunkle, ziemlich lange Haare und zuerst dachten die beiden, dass sie vielleicht Asiatin wäre. Als sie aber genauer hinschauten, erkannten sie, dass das wohl eher nicht stimmte. Dafür war sie auch viel zu groß, eins achtundsiebzig, wie sie geschrieben hatte. Schon die Größe passte sehr gut, denn Emilys Vater war über eins neunzig.

Ihr Lächeln beeindruckte die beiden. Es war ein bisschen geheimnisvoll und wirkte trotzdem offen. Sie hieß Vera und war siebenunddreißig Jahre alt.

Als sich Emilys erste Begeisterung gelegt hatte, meldete sich die Panik zurück. Wie sollte es jetzt weitergehen? Vera schrieb in ihrer zweiten Mail, dass sie dafür wäre, ein erstes Treffen nicht auf die lange Bank zu schieben. Dass sie nicht in der gleichen Stadt wohnte, sah sie nicht als Hindernis an, denn sie hatte öfter hier zu tun.

Plötzlich spürte Emily auch bei Lena eine gewisse Unsicherheit. Das irritierte sie, denn unsicher war Lena nur selten.

Alex saß auf dem Boden, zerriss hingebungsvoll ein Zeitungsprospekt und ließ einen fahren. Bis auf das kleine Problem mit den Blähungen und ein paar Nervereien war er ein ziemlich angenehmes Kind. Meistens war er ruhig und beschäftigte sich mit sich selbst. Einen Bruder wie ihn hätte Emily sich auch gut vorstellen können.

„Wir sollten nach draußen gehen", schlug Lena vor. „Frische Luft vertreibt diverse Düfte und durchblutet das Gehirn."

Sie zog Alex Jacke und Schuhe an, und sie machten sich auf den Weg zum Spielplatz im Park. Unterwegs trafen sie Hendrik Marxfeld. Das heißt, eigentlich trafen sie ihn nicht, aber sie sahen ihn und er sah sie. Und als Emily ihn grüßte, grüßte er zurück. Er lächelte. Emily versuchte ebenfalls zu lächeln, aber es kam ihr vor, als gelänge es ihr nicht wirklich, und er verschwand so schnell, wie er gekommen war.

„Wow", sagte Lena, während sie Alex an der Hand hinter sich herschleifte.

„Was soll das denn schon wieder heißen?", fragte Emily genervt. Natürlich war ihr klar, auf was ihre Freundin wieder mal hinaus wollte.

„Der steht total auf dich", meinte sie. „Das sieht doch ein Blinder."

„Quatsch."

„Mich hat der jedenfalls noch nie so angelächelt", sagte Lena.

Alex riss sich von ihrer Hand los. Er hatte irgendwas entdeckt. Etwas, das auf der Erde lag und ihn mächtig interessierte, sie mussten warten. Trotz des

Sonnenscheins war es kühl und sie steckten die Hände tief in ihre Jackentaschen.

„Du redest Schwachsinn", sagte Emily.

Dabei hatte sie gar nichts gegen Hendrik Marxfeld. Er ging auf die gleiche Schule wie sie und er war ganz nett. Emily nervte, dass Lena falsch lag, Hendrik konnte fast jede haben. Warum sollte er sich ausgerechnet für sie interessieren? Lena zum Beispiel erschien ihr viel hübscher als sie es war. Sie fand sich dürr wie einen Hering, außerdem hatte sie noch immer ein paar Restpickel aus der Pubertät. Auch sonst konnte sie nichts an sich entdecken, das irgendwen vom Hocker hätte reißen können.

Das Objekt von Alex' Neugier war ein winziger toter Vogel. Lena versuchte, ihn davon wegzuzerren, aber Alex wollte nicht. Er wehrte sich mit Händen und Füßen. Schließlich schrie er, was für ihn ganz ungewöhnlich war. Emily schlug vor, den Vogel feierlich zu beerdigen.

„Von mir aus." Zähneknirschend ließ Lena sich darauf ein. Alex wusste nicht genau, was Emily meinte, fand die Idee aber offenbar spannend.

Lena fing mit einer Scherbe an, ein Loch in die harte, trockene Erde zu kratzen. Alex und Emily halfen ihr mit kleinen Steinen.

Plötzlich sagte Lena, sie habe *die* Idee und ihr Gesicht hellte sich auf. Emily war sofort klar, dass sie nicht von der Vogelbeerdigung sprach und auch nicht mehr von Hendrik Marxfeld. Sie war mit ihren Gedanken schon lange wieder bei der Verkupplungsgeschichte.

„Und?" Emily war sich nicht sicher, ob sie es wirklich hören wollte.

„Ehrlichkeit." Lena unterbrach ihre Arbeit, um die Reaktion ihrer Freundin besser einschätzen zu können. „Du erzählst Paul einfach alles. Dann zeigst du ihm das Bild und die Briefe." Lena redete Emilys Vater mit Vornamen an, was sie immer wieder etwas irritierte. Aber Lena ließ sich nicht davon abbringen.

„Und dann?"

„Buddeln", forderte Alex.

Mechanisch kratzten sie weiter die Erde auf.

„Er wird begeistert sein!"

Alex ließ einen fahren.

„Da kennst du meinen Vater aber schlecht. Normalerweise trifft der seine Entscheidungen selbst." Genau das war der Punkt, die Mitte ihres Unbehagens. Niemals würde ihr Vater zulassen, dass jemand anders *eine Frau für ihn aussuchte.* Egal wer.

„Du machst ihm doch nur einen Vorschlag", beharrte Lena.

„Bis jetzt", sagte Emily, „weiß er noch nicht mal, dass er überhaupt eine Frau sucht."

Mittlerweile war das Grab tief genug.

„So", sagte Emily zu Alex. „Jetzt müssen wir den Piepmatz in das Loch legen."

Mit großen Augen schaute Alex zuerst den Vogel an, dann seine große Schwester und schließlich wieder den Vogel. Vorsichtig nahm Emily den winzigen Körper hoch und legte ihn in sein Grab. Plötzlich musste sie an die Beerdigung ihrer Mutter denken. Daran, wie die Erde ihren Sarg geschluckt hatte. Ein Bild, das sie bis heute nicht losgeworden war.

„Wir müssen ein Gebet sprechen", schlug sie vor.

„Kennst du eins?", fragte Lena leise.

Emily nickte, faltete die Hände und senkte den Kopf. Alex folgte ihrem Beispiel, Lena nicht. Sie glaubte nicht an solche Sachen.

„Lieber Gott", sagte Emily. „Bitte nimm diesen kleinen Piepmatz zu dir, damit er im Himmel ein tolles Leben hat. Amen."

„Amen", sagte auch Alex. Er war ganz ernst bei der Sache. Emily war sicher, das er genau begriff, was sie hier machten.

Plötzlich verschwamm alles vor Emilys Augen, sie konnte nichts mehr erkennen. Ganz schnell wischte sie ihre Tränen ab.

„Jetzt müssen wir sein Grab zumachen", sagte sie. Abwechselnd nahmen sie die Scherbe und schütteten damit etwas Erde auf den winzigen Körper. Als man ihn nicht mehr sehen konnte, drückte Emily vorsichtig die Erde fest. Es fehlte ein Grabstein. Sie nahm einen kleinen Ast, knickte ihn in der Mitte und steckte ihn so in die Mitte des kleinen Grabes, dass er wie ein Pfeil nach oben zeigte.

„Damit er die Richtung kennt", sagte sie leise. „Zum Himmel."

Alex sah jetzt weniger traurig aus. Er wirkte sogar ganz zufrieden. Langsam gingen sie weiter.

„Siehst du", sagte Lena, „jetzt hast du es uns vorgemacht."

„Was denn?", fragte Emily erstaunt.

„Dass es gut ist, ein Zeichen zu setzen, um etwas zu beenden. Erst dann kann das Neue beginnen."

Emily wusste, dass sie noch immer von ihrem Vater Paul sprach. Sie fand nicht immer, dass Lena übermäßig klug war. Aber manchmal fand sie es eben doch.

Mittlerweile waren sie am Spielplatz angekommen. Alex sah die Rutsche und riss sich von Lenas Hand los, kletterte mit Feuereifer die Leiter hoch.

„Er hat den Vogel schon vergessen", sagte Emily.

„Ganz sicher nicht", meinte Lena. „Aber das Leben geht weiter."

Alex rutschte jauchzend die Bahn hinunter. Lena empfing ihn mit offenen Armen.

„Und deinem Daddy helfen wir ein bisschen auf die Sprünge", sagte sie. „Das ist erlaubt. Ich weiß sogar schon, wie wir es machen."

Emilys mulmiges Gefühl war nicht mehr ganz so mulmig. Aber verschwunden war es auch nicht.

„Wie denn?", fragte sie.

Sie half Alex auf ein Klettergerüst. Er machte ein konzentriertes Gesicht und kam gut voran.

„Die Überrumpelungstaktik", erklärte Lena triumphierend.

„Was soll das denn sein?"

Die Vorstellung, ihren Vater zu überrumpeln, gefiel Emily nicht.

„Ganz einfach." Lena blieb unbeirrt. „Wir geben ihm keine Chance, sich zu fragen, ob er will oder nicht. Und du wirst sehen: Er will!"

„Ich weiß nicht."

„Glaub mir, so funktioniert es. Ich erklär es dir."

Emilys Gefühl riet ihr ab, Lenas Vorschlag auch nur anzuhören, aber sie machte es trotzdem. Es sollte noch eine Weile dauern, bis sie bereute, in diesem Moment nicht auf ihr Gefühl gehört zu haben. Aber, wie ihr Vater immer sagte, die Uhr kann keiner zurückdrehen.

3

Ein einziges Mal in ihrem Leben hatte Emily aktiv an einer Theateraufführung teilgenommen. Damals war sie zehn Jahre alt gewesen und sie hatten an der Schule ein kleines Stück für die neuen Kinder gespielt. Obwohl sie nur einen einzigen Satz sagen musste, wäre sie vor Lampenfieber fast gestorben. Es war schrecklich für sie.

Und genau dieses Gefühl hatte sie jetzt wieder. Obwohl sie inzwischen sieben Jahre älter war und dieses Mal nicht auf einer Bühne stand, hatte sich für sie nicht das Geringste verändert. In diesem Moment hasste sie Lena und sie hasste sich selbst, aber es gab kein Zurück mehr.

Bei den Vorbereitungen war Lena für Vera zuständig gewesen, was nicht weiter schwer war, denn die hatte schon längst angebissen. Sie musste nur noch zum richtigen Treffpunkt geführt werden. Wenn Emily, so sagte sie sich später, überhaupt etwas stutzig hätte machen können, dann vielleicht das. Von Veras Seite aus schien es nicht das *geringste* Bedenken zu geben. Im Gegenteil: Sie drückte mächtig aufs Tempo und ließ den beiden Freundinnen kaum Zeit zum Nachdenken. Emily aber war weit entfernt davon, irgendetwas verdächtig zu finden.

Im Gegensatz zu Lena hatte sie es bei der Abwicklung der Angelegenheit mit ihrem Vater zu tun, der nicht mal ahnte, dass überhaupt ein Köder *ausgelegt* war. In den schlechteren Momenten fand sie sich regelrecht hinterhältig. Eigentlich hatte sie überhaupt keine Lust, Paul an der Nase herumzuführen. Aber: *Wer A sagt, muss auch B sagen.* Schließlich war das sein Spruch und nicht ihrer.

Wo die Aktion stattfinden würde, war das Einzige, was auch für sie von Anfang an klar war. Versuchte sie dagegen weiterzudenken, verschwamm praktisch alles in ihrem Kopf.

Sie lud ihren Vater ins *Casa Piccola* ein. Das war ein kleines italienisches Restaurant, in dem sie ab und zu Essen gingen. Sie brauchte vertrautes Terrain. Und auch ihr Vater würde vielleicht später noch diesen Heimvorteil begrüßen. Er wunderte sich über die Einladung seiner Tochter, was nicht erstaunlich war, denn es war eine Premiere. Er fragte zuerst sich und dann sie, was denn los sei.

„Nichts Besonderes", meinte Emily. „Nur eine kleine Überraschung."

Bevor sie gingen, steckte sie ihm eine Kaktusblüte ins Knopfloch seines Jacketts.

„War abgefallen", sagte sie. In Wahrheit hatte sie sie von einem Kaktus seiner Sammlung gepflückt. Es war das mit Vera vereinbarte Erkennungszeichen.

Um zehn vor sieben saßen sie am vorbestellten Tisch. Massimo, der Besitzer des Restaurants, begrüßte sie überschwänglich. Er reichte ihnen die Speisekarten und zündete zwei Kerzen an. Emily bestellte Wasser, ihr Vater ein Viertel Chianti, und sie schlugen die Karten auf.

Emily hatte sich so gesetzt, dass sie die Tür sehen konnte. Die Buchstaben der Karte tanzten vor ihren Augen. Selbst wenn sie gewollt hätte, sie hätte sie nicht lesen können. Sie versuchte, das Zittern ihrer Hände zu verbergen. Ihr Vater fragte, ob alles in Ordnung sei und sah besorgt aus.

„Du bist blass."

„Das ist nur", erklärte sie, „weil ich den ganzen Tag kaum etwas gegessen habe."

Die Skepsis in seinem Gesicht blieb, aber er schaute jetzt wieder in die Karte. Emily blickte zur Uhr, die Galgenfrist lief, es war schon nach sieben.

Lena hatte vorgeschlagen, dass Emily an diesem Punkt einfach das Lokal verlassen sollte, was sie als Unsinn abgelehnt hatte. Spätestens nach zwei Minuten hätte ihr Vater angefangen, nach ihr zu suchen und nicht eher geruht, bis er sie gefunden hätte. Er war ein besorgter und fürsorglicher Vater, Emily liebte ihn sehr.

Sie sagte sich, dass sie ihn einweihen musste, bevor die Dinge ihren Lauf nahmen, sonst hatte ihr Plan keine Chance. Aber wahrscheinlich, so dachte sie, hatte er die sowieso nicht.

„Papa", sagte sie schließlich. Es war, als hätte sie Magnete in den Zähnen, so schwer lagen sie aufeinander.

„Ja?" Er legte seinen Zeigefinger zwischen zwei Seiten der Speisekarte und sah sie an. Ihr schlechtes Gefühl bekam einen Wachstumsschub.

„Ich muss dir was sagen."

Er schwieg erwartungsvoll.

„Gleich wird diese Tür da aufgehen."

Sie zeigte auf den Eingang. Ihr Vater fragte sie, ob sie sich neuerdings in Hellseherei ausprobiere. Sie konnte nicht mal lächeln.

„Dann wird jemand hereinkommen", sagte Emily. „Und gleichzeitig wird jemand hinausgehen."

Er zog den Finger aus der Speisekarte und legte ihn an sein Kinn. Langsam schien er zu ahnen, dass seine Tochter im Begriff stand, etwas höchst Seltsames zu erzählen.

„Die Person, die rausgeht, werde ich sein."

Massimo brachte die Getränke. Er spürte die merkwürdige Stimmung und verzog sich diskret. Ihr Vater lächelte plötzlich. Vielleicht hatte er sich entschlossen, die Situation mit einem Funken Humor zu nehmen.

„Und das Ganze wird", er suchte nach dem richtigen Wort, „ein Tausch?"

„Gewissermaßen." Emily druckste herum.

Seine Hand legte sich auf ihre.

„Ich will dich aber mit niemandem tauschen. Ich freue mich drauf, den Abend mit dir zu verbringen, mein kleiner Engel." Der Kosename war ein Relikt ihrer Kindheit, den er heute nur noch in besonderen Situationen verwendete und stets mit einem Augenzwinkern versah.

In diesem Moment erfüllte sich ihre Prophezeiung: Die Tür ging auf und eine Frau kam herein. Auch ohne Kaktusblüte – ihre war wunderschön und steckte im Haar – hätte Emily sie sofort erkannt. Es war Vera. Das Foto hatte nicht zu viel versprochen, sie sah wirklich gut aus. Nein, sie war schön, richtig schön, fast wie die Blüte. Sie trug ein elegantes schwarzes Kleid. Emily musste sich beeilen, wollte sie nicht im letzten Augenblick noch alles versauen.

„Lena wartet draußen auf mich“, erklärte sie kurz und stand auf. „Ich muss jetzt gehen.“

„Aber …“

„Die Frau, die eben hereingekommen ist“, sagte sie schnell, „wird gleich zu dir an den Tisch kommen. Wunder dich nicht, dass sie deinen Namen kennt. Sie kennt ihn von mir, ich habe ihr geschrieben. Aber sie denkt, du hast ihr geschrieben.“

„Was? Aber Emily, was redest du denn da?“ Offensichtlich glaubte er ihr kein Wort.

„Du wirst sehen“, sagte sie, „sie ist nett, sehr nett sogar. Ihr werdet euch gut verstehen. Ich geh jetzt raus zu Lena.“

Ihr Vater stand auf und wollte ihr folgen. Vera näherte sich suchend dem Tisch. Massimo umtänzelte sie bereits.

„Bitte!“, sagte Emily. „Setz dich wieder hin.“

Er machte keine Anstalten.

„Mir zuliebe!“, flehte sie. „Bitte!“

Damit hatte sie ihn, er setzte sich. Von der Tür aus warf Emily ihm einen Handkuss zu, er sah völlig verdattert aus und tat ihr ein bisschen leid. Dann stand sie draußen, es war schon dunkel. Sie atmete tief durch, die Luft war trotz Frühling noch immer kühl. Zuletzt hatte sie noch gesehen, wie Vera an seinen Tisch getreten war und etwas zu ihm gesagt hatte. Höflich war er aufgestanden und hatte ihr die Hand gereicht.

„Hey, was ist?“ Emily hatte Lena gar nicht kommen sehen. „Hat irgendwas nicht geklappt? Du siehst nicht gut aus.“

Kein Wunder, dachte Emily und sagte: „Sie ist an seinem Tisch. Sie haben sich die Hand gegeben."

„Aufregend klingt das nicht", meinte Lena.

„Was hattest du denn erwartet? Dass sie sich gleich um den Hals fallen?"

„Nicht unbedingt."

„Ich glaub, wir haben einen saublöden Fehler gemacht." Das ungute Gefühl in Emilys Bauch war nicht verschwunden. Es war sogar noch größer geworden und fühlte sich an wie ein riesiger, vollkommen unverdaulicher Kloß.

„Aber warum denn?", fragte Lena. „Bis jetzt läuft doch alles optimal. Lass uns zu dir nach Hause gehen. Ich kann bei dir schlafen, wenn du willst."

Nach kurzem Zögern willigte Emily ein. Schließlich konnten sie nicht den ganzen Abend auf der Straße stehen bleiben.

Emily erwachte spät in der Nacht. Lena neben ihr schlief wie ein Stein. Sie war noch stundenlang wach geblieben und Emily mit ihrem ungeduldigen Gerede auf die Nerven gegangen. Sie war sicher gewesen, dass sie nicht einschlafen würde, bevor Emilys Vater nach Hause kam. Sie schien vor Neugier fast zu platzen. Aber nun schlief sie und atmete in tiefen und ruhigen Zügen.

Emily war von Geräuschen im Flur wach geworden. Sofort erkannte sie, dass es ihr Vater war, der nach Hause kam. Er bemühte sich, leise zu sein, um sie nicht zu wecken. Das machte er immer so, wenn er später kam, was allerdings nur sehr selten der Fall war. Allerdings bemühte er sich wie stets vergebens, denn sie erwachte bereits beim kleinsten Geräusch.

Sie hörte das vorsichtige Klappern des Kleiderbügels, als er seine Jacke an die Garderobe hängte. Und sie hörte ihn leise ins Wohnzimmer gehen und dort die Tür noch leiser hinter sich schließen. Das bedeutete, dass er noch nicht schlafen wollte. Obwohl es schon fast zwei Uhr war und er am nächsten Morgen früh aufstehen musste. Vielleicht wollte er noch ein bisschen Musik hören, das tat er manchmal, wenn er über etwas nachzudenken hatte.

Aber: über *was* hatte er nachzudenken? Über ein Problem im Verlag? Über den zurückliegenden Abend? Über seine Tochter? Über Vera? Jetzt war es Emily, die vor Neugier fast platzte. Lena dagegen schlief unbeirrt, schnarchte sogar ein bisschen. Emily überlegte kurz, sie zu wecken, damit sie jemanden zum Reden hatte, entschloss sich dann aber anders.

Sie würde aufstehen und selbst mit ihrem Vater sprechen. Er war der Einzige, der ihre Neugier befriedigen konnte. Vorsichtig kam sie hoch und schlich zur Tür. Lena schnarchte weiter. Emily öffnete die Tür, ging auf den Flur. Erst an der Wohnzimmertür stockte sie.

Was war, wenn er nicht alleine, wenn zum Beispiel Vera bei ihm war? Zwar hätte das nicht wirklich zu ihm gepasst, aber es passte auch nicht zu ihm, dass er sich um zwei Uhr nachts allein ins Wohnzimmer verkrümelte. Emily blieb stehen und lauschte an der Tür. Sie hörte nicht das leiseste Geräusch. Hätte sie es nicht absolut sicher gewusst, hätte sie gedacht, dass sich niemand im Wohnzimmer befand. Vielleicht zwei, die nicht miteinander redeten, sondern ... Sie schaffte es nicht, den Gedanken zu Ende zu denken.

Wie angewurzelt stand sie im Flur, die Füße eiskalt, ihr Herz laut pochend. Irgendetwas musste sie tun. Sie konnte nicht die ganze Nacht reglos hier verharren, aber sollte sie wirklich ins Wohnzimmer gehen? Emily zweifelte immer mehr daran, dass ihr Vater sich alleine dort drinnen befand. Und wie peinlich würde es werden, wenn …

Mitten in ihre Gedanken hinein öffnete sie kurzentschlossen die Tür. Ihr Vater saß auf dem großen Ledersessel, die Hände hinterm Kopf verschränkt, die Augen geschlossen. Als sie hereinkam, blickte er auf. Er war allein, seltsamerweise erschrak er nicht, sah irgendwie verändert aus. Emily fragte sich, ob das an der späten Stunde liegen konnte. Er sagte nichts, sah sie nur an. Sie blieb ebenfalls stumm, setzte sich aufs Sofa und schob ihre Füße unter eine Wolldecke, ließ ihren Vater keine Sekunde aus den Augen.

„Nun fang schon an", forderte sie.

Er blieb völlig gelassen. „Womit?"

„Bitte nimm mich nicht auf den Arm."

Er lachte kurz und leise. „Ach, du meinst, es ist dein Part, mich auf den Arm zu nehmen. Und nicht umgekehrt."

„Siehst du", sagte Emily. „Jetzt *hast* du angefangen."

„Du weißt selbst", meinte er ruhig, „dass es nicht in Ordnung ist, was du gemacht hast."

Sie nickte stumm. Seine Ruhe war ihr unheimlich. Sie wartete darauf, dass sie verschwand.

„Wie kommst du darauf", fragte er, „mich mit einer wildfremden Frau verkuppeln zu wollen? Noch dazu, ohne mir vorher auch nur ein Sterbenswörtchen zu sagen."

Seine Stimme hatte nun immerhin den Ansatz der Schärfe, die sie befürchtet hatte. Allmählich kam er in Fahrt.

„In was für eine peinliche Situation du mich da gebracht hast", sagte er. „So was habe ich überhaupt noch nie erlebt. Was hast du dir dabei gedacht, Emily?"

„Es tut mir wirklich leid."

Sie konnte ihn nicht ansehen. Sie zog die Decke über ihre Beine, es war nicht besonders warm im Zimmer.

„Ich glaub, ich hab wirklich zu wenig nachgedacht. Und als ich es dann getan hab, war es schon zu spät."

„Es gibt bestimmte Dinge im Leben", sagte er, „über die sollte man auf jeden Fall zuerst nachdenken. Und sie dann tun oder eben nicht tun."

Wieder nickte sie stumm.

„Vor allem, wenn es andere betrifft."

„War es denn wirklich so schlimm?", fragte sie. „War *sie* so schlimm?"

„Darum geht es nicht", meinte er ernst. „Es geht um dich."

„Ich weiß", sagte Emily kleinlaut.

„Und bei dir ...", sagte er, „muss ich mich ganz einfach bedanken."

„Was?" Sie war sicher, ihren Ohren nicht trauen zu können. Sie schaute ihn an und sah, dass er übers ganze Gesicht strahlte.

„Vera ist eine tolle Frau", erklärte er. „Ohne dich hätte ich sie nie kennengelernt."

„Soll das heißen ...?" Sie konnte es noch immer nicht fassen. Ihr schlechtes Gewissen löste sich schlagartig in Luft auf.

„Das soll heißen“, sagte er, „dass wir uns morgen Abend wiedersehen. Und dass es mir sehr, sehr gutgeht. So gut wie lange nicht mehr.“

4

Die nächsten Tage und Wochen sah Emily ihren Vater kaum. Wenn überhaupt, dann nur zusammen mit Vera. Die beiden waren die reinsten Turteltauben. Er war immer gut gelaunt und ausgelassen wie ein kleiner Junge. Emily hatte ihn so noch nie erlebt, nicht mal ansatzweise.

In dieser Zeit wuchs ihre Sicherheit, noch nie etwas Besseres getan zu haben, als die beiden zusammenzubringen. Und sie glaubte, dass das auch immer so bleiben würde. Der Himmel war ungetrübt blau. Die ersten kleinen Wölkchen, die sich schon bald am Horizont bildeten, erkannte sie zuerst nicht.

Ihr gegenüber war Vera vom ersten Tag an freundlich und offen. Nicht überschwänglich, eher angemessen, was Emily gefiel. Sie überhäufte sie nicht mit Nettigkeiten und verbog sich nicht, um einen guten Eindruck zu hinterlassen. Wahrscheinlich war ihr klar, dass sie das nicht nötig hatte. Sie wusste, dass sie gut ankam, ohne sich dafür anstrengen zu müssen. So sagte sich Emily. Ein Bild, das sich schneller verändern sollte, als ihr lieb war.

„Die sieht ja noch viel toller aus als auf dem Foto", sagte Lena, nachdem sie Vera das erste Mal zu Gesicht bekommen hatte. Das war, als sie *rein zufällig* noch abends bei Emily geklingelt hatte. Um Hausaufgaben bei ihr anzuschauen, die sie nie aufgehabt hatten. Sie wusste, dass Vera an diesem Abend für ihren Vater und Emily kochen wollte. Lenas Rechnung ging auf. Emilys Vater lud sie zum Essen ein, wo sie nun schon mal da war.

Auch sonst hatte Lena recht. Vera war das, was man gemeinhin eine *Schönheit* nennt. Sie hätte Model sein können oder Schauspielerin. Tatsächlich arbeitete sie gar nicht, was Emily zu diesem Zeitpunkt aber noch nicht wusste. Von sich aus redete Vera nicht darüber. Als Emily sie einmal direkt fragte, drückte sie sich verschwommen aus und unklar. Danach hätte sie alles Mögliche sein können. Oder eben gar nichts. Während sie redete, glaubte Emily ein paarmal, es nun begriffen zu haben, was sich dann aber wieder zerschlug. Das war ein Phänomen. Erst hinterher wurde Emily klar, dass sie noch immer nicht schlauer war. Sie wusste auch nicht, ob ihr Vater damals schon wusste, dass sie eigentlich von nichts sprach, wenn sie so viele Worte um ihre angebliche Arbeit machte.

„Was gibt es denn Feines?", wollte Lena wissen. „Weinbergschnecken, Kaviar, Hummer?" Ihre Augen leuchteten erwartungsvoll. Emily fragte sie, wie sie denn auf solches Zeugs käme.

„Etwas anderes passt nicht zu ihr." Lena war voll tiefster Überzeugung. Nur selten lag sie mit irgendetwas dermaßen gründlich daneben.

„Kohlrouladen", gab Emily zurück.

Voller Unglauben sah Lena sie an.

„Mit Salzkartoffeln."

„Echt?" Sie schien es nicht fassen zu können.

Emily nickte.

„Warum das denn?“ Die Frage hörte sich an, als habe Emily behauptet, Lewis Hamilton wolle einmal zu Fuß um die Erde gehen.

„Vielleicht hat mein Vater sich Kohlrouladen gewünscht“, sagte Emily. „Die von meiner Mutter hat er jedenfalls geliebt. Und selbst kriegt er keine hin.“

„Das wäre dann ja ein supergutes Zeichen“, orakelte Lena. Ihre Verblüffung hatte sich schnell gelegt.

„Oder sie ist von ganz alleine drauf gekommen“, meinte Emily.

„Dann hätten sie den gleichen Geschmack“, sagte Lena. „Ein noch besseres Zeichen.“

„Vielleicht.“ Wie immer, wenn Lenas Begeisterung langsam euphorisch wurde, meldete sich erste Skepsis in Emily. Das war eine Art innerer Ausgleich zwischen ihnen.

„Wie auch immer“, meinte sie schließlich, „die beiden passen super zusammen. Ich glaube, das haben wir echt gut gemacht.“

„Die Rouladen sind ausgezeichnet.“
Lenas Worte klangen geschwollen, aber sie stimmten. Vera konnte genauso gut kochen wie sie aussah. Fast. An diesem Abend hatte sie ihre langen, dunklen Haare kunstvoll nach oben gesteckt, was sie noch hübscher erscheinen ließ als sonst. Emily fragte sich, ob sie solche Frisuren selbst machte oder ob sie damit zum Friseur ging.

Fast artig bedankte Vera sich für das Kompliment. Dabei wurde Emily das Gefühl nicht los, dass es sie nicht wirklich interessierte, ob Lena die Rouladen nun schmeckten oder nicht.

Überhaupt kam es ihr vor, dass sie Lena bestenfalls am Rande wahrnahm. In erster Linie war sie auf Emilys Vater konzentriert. Weit danach kam dann sie, was allein noch nicht seltsam war. Ganz offensichtlich war sie verliebt. Die *Art und Weise* jedoch, in der sie Lena links liegen ließ, befremdete Emily. Manchmal benahm sie sich, als sei die überhaupt nicht da. Es grenzte an Unhöflichkeit. Dabei schien es Emily nicht, dass sie unhöflich *sein wollte*. Irgendetwas erschien ihr merkwürdig, ohne dass sie genau hätte sagen können, was das war.

„Schmeckt wirklich gut", sagte Emilys Vater und lächelte Vera an.

„Wie bei Eva?"

Paul stutzte kurz über die Frage. Eva war seine verstorbene Frau, Emilys Mutter. Wollte sie sich mit ihr vergleichen?

Er antwortete nicht sofort. Veras Blicke klebten an seinen Lippen, sie schien auf eine Antwort zu lauern. Vielleicht unter diesem Eindruck gab er eine Antwort, die nicht zu ihm passte: „Besser."

Emily schluckte.

„Wirklich?", bohrte Vera nach.

„Wirklich", bestätigte er.

„Quatsch", warf Emily wütend ein. „Niemand kocht so gut wie Mama."

In Wahrheit konnte sie sich kaum daran erinnern, wie ihre Mutter gekocht hatte, aber darauf kam es auch gar nicht an. Vera suchte ganz offensichtlich den Vergleich mit ihr und ihr Vater ließ sie *besser* abschneiden! Emily konnte es nicht fassen. Eine riesige

Enttäuschung kroch in ihr hoch. Erst langsam schien auch ihrem Vater klar zu werden, was er da gesagt hatte.

„Nein, natürlich nicht“, korrigierte er sich entschieden. „Du hast recht, Emily, deine Mutter war die beste Köchin der Welt.“

Seine Worte versöhnten Emily halbwegs. Und sie wusste, dass sie seine ehrliche Meinung waren.

„Sie war die beste Mutter“, setzte sie selbst nach.

Überraschend schaltete sich Vera ein. „Natürlich war sie das!“ Ihre Worte waren voller Überschwang, und voller Mitgefühl sah sie Emily an. „Ich wollte mich da nicht vordrängeln. Natürlich nicht, in keiner Weise. Allein meine Frage war Unsinn. Es ist mir sehr unangenehm. Ich entschuldige mich.“

Wenn Emily zunächst nicht gewusst hatte, was sie von Veras Frage halten sollte, so war es jetzt das Gleiche mit deren plötzlichem Umschwung. Sie schaute hinüber zu Lena. Selbst die schien zunächst etwas irritiert, lächelte dann aber vorsichtig, und Emily beruhigte sich.

„Kannst du mir verzeihen?“, fragte Vera.

Das klang ziemlich theatralisch. Für Emily eine Spur zu hoch gegriffen, aber irgendwie schien sie es auch ehrlich zu meinen. Trotzdem hatte Emily keine Lust auf eine Antwort, wollte aber ihrem Vater den Abend nicht verderben. Und sie wollte Vera nicht vergraulen. Schließlich hatte sie selbst sie ins Haus geholt.

Sie glaubte noch immer, dass ihrem Vater eine neue Frau guttun würde. Und immer noch war sie der Meinung, dass Vera die Idealbesetzung für diese Rolle war.

Auch wenn sie ihr mittlerweile manchmal doch etwas seltsam vorkam.

„Natürlich verzeihe ich dir“, sagte sie schließlich. „Und die Rouladen sind wirklich spitze.“

„Das ist ganz normal“, meinte Lena. „Es wäre eher komisch, wenn du nicht eifersüchtig wärst.“

„Wie kommst du denn darauf?“ Emily wurde langsam sauer, offenbar hörte Lena ihr nicht richtig zu. Sie saßen auf dem Heimweg im Bus, die Sonne fiel schräg ein.

„Weil Töchter immer eifersüchtig sind auf die neuen Frauen ihrer Väter. Das weiß doch jeder.“

„Aber ich hab doch gar nicht von Eifersucht gesprochen.“

„Vielleicht nicht direkt.“

Emily wartete auf eine Erklärung, die aber ausblieb. Auch im Gesicht ihrer Freundin konnte sie nichts erkennen, schon allein wegen der Sonne.

„Ich hab dir nur von ein paar Dingen erzählt, die ich komisch finde an Vera. Da sprichst du schon von Eifersucht.“

Diese Zusammenfassung ihres Gesprächs erschien ihr kompakt und zutreffend. Sie hatte nichts Wesentliches ausgelassen.

„Du nimmst sie so kritisch unter die Lupe, *weil* du eifersüchtig bist.“ Lena redete wie eine Lehrerin.

Emily versuchte, sachlich zu bleiben: „Du vergisst, dass ich es war, die sie überhaupt zusammengeführt hat.“

„*Wir* haben sie zusammengeführt“, korrigierte Lena.

„Das ändert nichts. Ich bin nicht eifersüchtig. Ich wünsche ihm, dass er eine neue Frau findet und jetzt hat er Vera kennengelernt. Offenbar mag er sie."

„Sehr sogar", ergänzte Lena die Aufzählung.

Emily ließ sich nicht beirren: „Ich mag sie auch. Es könnte sein, dass sie gut zusammenpassen."

„Es könnte nicht sein. Es ist so. Sie *passen* gut zusammen."

„Es gibt nichts, was ich besser fände. Aber manchmal ist Vera seltsam."

„Dein Blickwinkel lässt sie manchmal seltsam erscheinen", meinte Lena. „Eben weil du eifersüchtig bist. In Wirklichkeit ist sie natürlich nicht seltsam. Jedenfalls nicht mehr als wir alle."

Der Bus durchfuhr eine Allee und die Sonne verschwand hinter den Bäumen. Endlich konnte sie Lenas Gesicht sehen. Offenbar glaubte sie an das, was sie sagte, was Emily irritierte. Lena war weder dumm, noch wollte sie sie ärgern. Auch wenn es ihr jetzt gerade so vorkam.

„Aber zum Beispiel neulich Abend. Da hat sie sich dir gegenüber doch komisch benommen. Findest du nicht?"

„Sie war höflich und freundlich."

„Sie hat dich kaum angeguckt."

„Sie hat deinen Vater angeguckt. Sie ist verliebt."

„Aber sie sind doch schon ein paar Wochen zusammen."

„Was soll das denn heißen? Darf man da schon nicht mehr verliebt sein?"

„Als du in Max verliebt warst", versuchte Emily es anders, „hast du da auch niemand anderen mehr angeschaut? Wirklich *niemanden*?"

Scheinbar hatte sie den Punkt getroffen: Lena schwieg, mindestens fünf Sekunden lang. Diesmal brauchte Emily ihr Gesicht nicht sehen, um zu wissen, dass sie nachdenklich geworden war.

„Ganz im Gegenteil", räumte sie schließlich ein. „Ich war so happy, dass ich irgendwie in alle anderen auch verliebt war."

„Siehst du." Emily atmete tief durch.

„Aber schließlich ist jeder anders", meinte Lena unbeschwert. „Und auch Verliebtheit ist sicher bei jedem anders. Warum sollte Vera so sein wie ich oder du?"

Emily hätte sich gewünscht, dass Lena überzeugender wäre. Leider aber war ihre absolute Sicherheit verschwunden. Eigentlich wollte sie Lena glauben. Selbst wenn sie wirklich ein bisschen eifersüchtig gewesen wäre: Na und? Das wäre sicher ganz okay gewesen. Aber war es *auch* okay, wie Vera sich ihrem Vater gegenüber verhielt? Diese übertriebene Konzentration auf ihn? Emily wusste es wirklich nicht. Und Lena hatte es nicht geschafft, ihre Zweifel zu vertreiben.

„Übrigens hat Kris dich zum Kaffeetrinken eingeladen", sagte Lena. „Pupsi hat Geburtstag."

5

Die Küche sah aus, als gäbe es eine Riesenparty. Dabei war Emily, neben der Oma von Alex und Lena, der einzige Gast. Alles hing voll bunter Luftschlangen und Ballons, eine Kette mit großen, glitzernden Pappbuchstaben zeigte an, um was es hier ging: HAPPY BIRTHDAY! Alex wurde zwei.

Kris war ziemlich aufgedreht, als Emily ankam. Sie blies in eins dieser Dinger, die laut quieken und einen Papierrüssel ausfahren, wenn man es tut.

„Herzlich willkommen!", rief sie. Alle sangen *Happy Birthday, lieber Alex*. Das Geburtstagskind saß auf seinem Kinderstuhl und war damit beschäftigt, einen Schaumkuss gleichmäßig in seinem Gesicht zu verteilen. Nach dem Singen setzten sich auch die anderen.

Es gab Käsekuchen, von Kris' Mutter gebacken, Kris selbst konnte das nicht. Auch sonst hatten Kris und ihre Mutter kaum Ähnlichkeiten, waren eher die kompletten Gegensätze. Während Kris chaotisch war und immer unorientiert wirkte, war ihre Mutter die strukturierteste Frau, der Emily je begegnet war. Sie war pensionierte Lehrerin. Sie hatte Kris erst spät bekommen, während die schon mit zwanzig Mutter geworden war.

Kris trug stoppelkurzes blondes Haar und war mit Leidenschaft geschminkt. Ihre Mutter hatte dezentes

Rouge aufgelegt und ihre Dauerwelle sicher auch schon mit fünfundzwanzig getragen. Kris' Jeans waren knalleng, während ihre Mutter wahrscheinlich noch nie im Leben eine Hose angehabt hatte. Trotz aller Unterschiede aber verstanden die beiden sich gut. Auf Emily wirkten sie wie zwei grundverschiedene Hälften von etwas fest Zusammengehörenden.

Eine ihrer wenigen Gemeinsamkeiten war das Rauchen. Und dazu gingen sie zusammen in den Garten.

„Sie ist heimlich gekommen", erklärte Lena, als sie mit Emily allein am verwüsteten Küchentisch saß. Alex krabbelte auf dem Boden herum, zufrieden wie immer.

„Deine Oma?", fragte Emily verblüfft. „Warum das denn?"

Lena fing an, den Geschirrspüler einzuräumen.

„Mein Opa hat einen heiligen Eid geleistet", sagte sie. „Er wird unser Haus so lange nicht betreten, bis Kris ihm gesagt hat, wer Pupsis Vater ist."

„Ganz schön stur", meinte Emily.

„Ganz schön konsequent", entgegnete Lena. „Ich verstehe auch nicht, warum sie so ein Geheimnis draus macht."

„Ich denke, das ist eine Vereinbarung mit Alex' Vater?"

„Schon. Aber mit dem hat sie doch gar nichts mehr zu tun. Warum sagt sie dann nicht einfach seinen Namen? Wem sollte das schaden?"

„Keine Ahnung." Emily dachte nicht wirklich darüber nach. „Sie wird schon ihre Gründe haben." Sie stand auf und half Lena beim Tisch abräumen. „Vielleicht liebt sie ihn noch. Und will deswegen die Vereinbarung mit ihm nicht brechen. Eine geheime Verbindung, von der nur die beiden wissen."

„Quatsch", meinte Lena. „Klingt sehr romantisch, aber so ist sie nicht."

Emily fand, dass gerade Kris *so* war. Aber sie sagte nichts mehr. Sie hatte keine Lust, sich mit Lena zu streiten.

Als Emily zu Hause ankam, gab's eine faustdicke Überraschung. Vor dem Haus stand ein Möbelwagen. Ein kleiner Möbelwagen, aber eben doch: ein Möbelwagen. Sie hatte keine Idee, was das bedeuten sollte. Die Flügeltür hinten stand offen, ebenso wie die Haustür, aber niemand war zu sehen, viele Möbel waren nicht mehr im Wagen. Dann kam Vera aus dem Haus, im Schlepptau zwei Möbelpacker.

„Nun haben wir es ja gleich geschafft", meinte sie aufmunternd. Dann erst nahm sie Emily wahr. „Hallo, E-mily." Sie strahlte über das ganze Gesicht. Um den Kopf hatte sie ein buntes Tuch geschlungen. Emily dachte, dass das wahrscheinlich rustikal wirken sollte, es an Vera aber aussah, als sei sie soeben einer Modezeitschrift entsprungen. Dazu trug sie eine Jeans, die sie verdammt an die von Kris erinnerte. Dass die beiden Kerle ziemlich unverfroren ihren kleinen runden Hintern anstarrten, war nicht weiter erstaunlich. Und E-mily hatte auch nicht das Gefühl, dass Vera dies unbedingt störte.

„Was findet denn hier statt?", fragte Emily grußlos.

Eine Antwort wartete sie nicht ab, sondern eilte ins Haus, um mit ihrem Vater zu reden. Auf seine Erklärung war sie gespannt. Sie konnte nicht fassen, dass er Vera hier einziehen ließ, ohne vorher mit ihr darüber gesprochen zu haben. Sie rief nach ihm, aber es kam keine Antwort. War er gar nicht zu Hause? Emilys Gefühle schwankten zwischen Wut und Hilflosigkeit und entschieden sich schließlich für das Erste.

„Was machst du hier?", rief sie, als sie wieder draußen war.

„Ich ziehe ein", sagte Vera. Für Emily klang es wie: *Ihr habt den großen Preis gewonnen!*

Vera stand vor dem Möbelwagen und gab den Packern Instruktionen.

„Was ist mit deiner Wohnung in Oldenburg?"

„Gekündigt."

„Weiß mein Vater davon?", wollte Emily wissen. Sie hörte ihre Stimme zittern.

Vera sah sie an, als verstehe sie die Frage nicht.

„Du musst doch mit ihm darüber gesprochen haben", rief Emily. Jetzt erst schien Vera zu begreifen.

„Ja", sagte sie, „natürlich haben wir darüber gesprochen."

„Und er hat *Ja* gesagt?" Emily konnte es einfach nicht glauben. Die beiden Männer trugen eine antike Kommode ins Haus. Vera folgte ihnen mit besorgter Miene, die eher der Kommode galt als Emilys Frage.

„Vorsicht", sagte sie. „Stoßen Sie nirgends an. Es ist ein äußerst kostbares Stück."

„Was ist nun?", wiederholte Emily. „*Hat* er Ja gesagt?"

„Nicht direkt", meinte Vera. Ihre ganze Aufmerksamkeit galt weiter Packern und Kommode.

„Was soll das heißen?" Mit einem Ruck drehte Emily sie an der Schulter zu sich und erschrak. Veras Blicke stachen wie Pfeile in ihre Augen. Unwillkürlich fuhr sie einen halben Schritt zurück. So hatte sie die Geliebte ihres Vaters noch nie gesehen. Das Sanfte in ihren Augen war völlig verschwunden.

„Eins rate ich dir", zischte sie bedrohlich. „Fass mich nie wieder so an. *Nie wieder,* hörst du?"

Dann verwandelte sie sich sekundenschnell zurück in die Vera, die Emily kannte.

„Und zu deiner Frage", säuselte sie. „Dass ich schon heute einziehe, ist eine Überraschung für Paul. Aber im Prinzip ist natürlich alles geklärt."

Bevor sie im Haus verschwand, warf sie Emily noch einen ihrer sanften Blicke zu. Die stand da wie ein begossener Pudel mit dem Gefühl, unbedingt etwas tun zu müssen, hatte zugleich aber keine Ahnung, was das sein könnte. Sie entschied sich, zu telefonieren und zog sich mit Handy in den Garten zurück.

Ihr Vater war noch im Verlag. Nach dem zweiten Klingeln hob er ab. Plötzlich wusste Emily nicht mehr richtig, wie sie anfangen sollte.

„Wer ist denn da?", fragte er gereizt.

Emily hatte sogar vergessen, sich zu melden. Noch immer war sie wie hypnotisiert von Veras Blicken. Deren Worte hallten in ihrem Kopf nach: *Nie wieder, hörst du? Nie wieder!* Es klang, als solle sie sich grundsätzlich nie wieder in ihre Angelegenheiten mischen. Machte sie das aber gerade jetzt in diesem Augenblick nicht schon wieder?

„Entschuldige", sagte Emily. „Ich bin's. Die Verbindung war gestört."

„Was gibt es, Emily?" Ihr Vater klang nicht mehr gereizt, aber auch nicht so erfreut, wie er es normalerweise bei ihren Anrufen war. „Ich bin mitten in einer wichtigen Besprechung. Hat es nicht Zeit?"

Ganz langsam kehrte ihr Selbstbewusstsein zurück.

„Weißt du", fragte sie, „was Vera gerade macht?"

„Keine Ahnung. Bei mir ist sie nicht. Aber sie kommt heute Abend zu uns. Hat das nicht bis dahin ..."

„Irrtum", erklärte Emily. „Sie kommt nicht erst heute Abend. Sie ist schon da."

„Ach so. Dann sag ihr, dass ich noch ein, zwei Stunden brauchen werde."

„Sie ist mit einem Möbelwagen vorgefahren." Emily sah, dass die Packer soeben die Flügeltür zumachten. „Das heißt, der Wagen fährt gerade wieder ab. Aber die Möbel sind alle hier. In unserem Haus."

Ihr Vater zögerte mit einer Antwort. Emily konnte sich sein Gesicht vorstellen. Er versuchte, sein Gefühl für die Wirklichkeit nicht zu verlieren.

„Emily", sagte er dann, „wenn du mich auf den Arm nehmen willst, ist das nicht der richtige Moment."

„Das finde ich auch", sagte sie. „Bis nachher also." Sie beendete das Gespräch, ohne eine weitere Reaktion ihres Vaters abzuwarten.

Keine halbe Stunde später war er zu Hause. Das von Emily erwartete Donnerwetter blieb aus. Als er sich an Veras Möbeln vorbei zur Küche vorkämpfen musste, sagte er nichts. Vera empfing ihn mit ihrem strahlendsten Lächeln.

„Hallo, Paul. Das meiste ist schon im Keller. Die paar Sachen hier müssen wir noch irgendwo im Haus verteilen."

„Aber, was ist ... äh, ich meine ...?"

Emily erkannte ihren Vater nicht wieder. Noch nie hatte sie ihn so unsicher erlebt. Er stammelte wirres Zeug.

„Keine Sorge", fiel Vera ihm ins Wort. „Das kriegen wir schon noch unter. So viel ist es ja nicht."

„Wieso sind deine Möbel hier?"

Immerhin, ein vollständiger Satz, dachte Emily.

„Ich meine, was ist mit deiner Wohnung?"

„Gekündigt", erklärte sie stolz. „Gleich nachdem wir neulich drüber geredet hatten."

Sie legte die Arme um seinen Hals und küsste ihn. Er war zu unkonzentriert, um darauf eingehen zu können.

„Nachdem wir *worüber* geredet hatten?" Er schien nicht glauben zu können, was er erlebte, obwohl es offensichtlich war.

„Über unser Zusammenziehen natürlich." Sie strahlte ihn an und sah glücklich aus. „Worüber denn sonst?"

Sein Gesicht blieb regungslos. Als Vera das erkannte, verschwand schlagartig auch aus ihrem Gesicht das Lächeln, verzog sich dann sogar ins Weinerliche. Emily war verblüfft, dass ein Gesichtsausdruck sich so blitzartig in sein absolutes Gegenteil verkehren konnte. Veras plötzlich zusammengepresste Lippen stießen einen enttäuschten Satz hervor: „Du willst es gar nicht."

Unwillkürlich spürte Emily einen Hauch Erleichterung in sich aufsteigen. Nun brauchte ihr Vater nur noch sagen: *Du hast recht. Ich will es nicht.* Dann würde Vera sicher noch eine Runde heulen, aber morgen ihre Sachen wieder packen. Bestimmt war es noch nicht zu spät, die Kündigung der Wohnung rückgängig zu machen. Dann erkannte Emily, dass ihre Erleichterung verfrüht war.

„Doch, natürlich will ich es", sagte er und nahm Vera in den Arm. Sie schmiegte sich an ihn, verbarg ihr Gesicht in seinem Pullover.

„Wir haben doch darüber gesprochen." Ihre Stimme verriet, dass sie nun tatsächlich weinte.

„Natürlich haben wir das", tröstete er sie und streichelte ihren Rücken. „Natürlich. Es kam gerade nur etwas überraschend für mich. Das ist alles."

„Aber freust du dich denn gar nicht?"

„Doch, natürlich freue ich mich."

„Ist es denn keine schöne Überraschung für dich?"

„Die schönste, die ich mir vorstellen kann."

Er machte ein Gesicht, als sei er der glücklichste Mann des Universums. Emily verstand die Welt nicht mehr, jetzt hätte *sie* heulen können.

„Wir wollen doch sowieso bald heiraten", sagte Vera. „Da ist es doch nur gut, wenn ich schon hier wohne. Oder nicht?"

„Doch, ganz sicher."

„Wir wollen doch Kinder haben."

Emily konnte immer weniger glauben, was sie da hörte. Vorsichtig schlich sie aus dem Haus. Die Tür hinter sich zog sie so leise ins Schloss wie sie noch nie in ihrem Leben eine Tür ins Schloss gezogen hatte.

6

Lena verstand Emilys Aufregung nicht.

„Das ist doch normal“, sagte sie. „Wenn Leute in dem Alter sich lieben, dann wollen sie auch heiraten und Kinder kriegen.“

„Aber doch nicht so schnell!“, beharrte Emily.

Sie saßen vor ihrer Lieblingseisdiele. Der erste Tag, den sie nach der Winterpause geöffnet war. Es war noch immer nicht wirklich warm, aber die Sonne verführte zum draußen sitzen.

„Schon mal was von der biologischen Uhr gehört, die abläuft? Vera ist jetzt siebenunddreißig. Mit hundert ist es für Kinder zu spät.“

Ihre Eisbecher kamen. Lena machte sich gierig über ihren her, während Emily in ihrem nur etwas herumstocherte.

„Das wären dann ja noch dreiundsechzig Jahre.“ Emily lächelte. „Aber im Ernst: Die beiden kennen sich seit ein paar Wochen. Jetzt wohnt sie noch nicht mal richtig bei uns und redet schon von Kindern. Das ist doch komplett …“ Sie suchte nach dem richtigen Wort.

„Weißt du, was ich mich frage?“ Lena hielt inne, sah ihre Freundin forschend an.

„Na?“

„Ich frage mich, ob das nun wieder deine Eifersucht ist …“

„Quatsch!"

„... oder ob du sie wirklich für verrückt hältst."

Unwillkürlich zuckte Emily zusammen. So wie man zusammenzuckt, wenn einem ganz unvermittelt jemand eine Wahrheit ins Gesicht sagt, die man vor sich selbst verschwiegen hat. Lena wandte sich wieder ihrem Eisbecher zu. Emily hatte mit ihrem noch immer nicht angefangen und langsam begann das Eis darin zu schmelzen. Sie nahm einen halben Löffel.

„Was ist?", hakte Lena nach. „Hab ich getroffen?"

„Keine Ahnung", sagte Emily. „Aber irgendwie komisch ist das alles schon. Findest du nicht?"

„Was sagt eigentlich Paul dazu?"

„Gar nichts. Und das ist es, was mich am meisten wundert. Er benimmt sich so völlig anders, seit er mit Vera zusammen ist. Ich kapier das alles nicht."

„Wie wäre es denn", schlug sie vor, „wenn du mal mit ihm drüber redest? Nicht so zwischen Tür und Angel und wenn jemand dabei ist. Sondern in aller Ruhe und nur ihr beide."

„Ich weiß nicht." In Wahrheit war es genau das, was sie am liebsten getan hätte. „Irgendwie ist er im Moment total weit weg von mir."

„Dann wird es höchste Zeit", meinte Lena, „dass du ihn wieder näher ranholst. Sonst ist der Abstand irgendwann zu groß. – Ach nee, guck mal, wer da kommt."

Emily drehte mich um. Es war Hendrik Marxfeld, der langsam an der Eisdiele vorbeischlenderte. Noch hatte er sie nicht gesehen und Emily wünschte sich, dass es auch so blieb. Ihr Herz schlug plötzlich ziemlich schnell.

„Hi, Hendrik!", rief Lena. „Warum setzt du dich nicht zu uns? Das Eis hier ist einsame Spitze. So was suchst du in der ganzen Stadt vergeblich, ich schwör's dir." Leise fügte sie hinzu: „Und so was wie uns schon lange." Verschwörerisch grinste sie ihre Freundin an. Hendrik kam lächelnd auf ihren Tisch zu. Am liebsten hätte Emily sich in Luft aufgelöst, was aber nicht funktionierte. Also stopfte sie sich einen großen Löffel Eis in den Mund.

„Hallo, ihr beiden." Hendrik Marxfeld war ein freundlicher Typ. „Darf ich?"

Er zeigte auf einen freien Stuhl. Sein Lächeln war beeindruckend. Emily konnte nichts sagen, weil ihr Mund voller Eis war, die ganze Situation war ihr einfach nur peinlich.

Als Emily ins Büro trat, saß ihr Vater hinter seinem Schreibtisch und telefonierte. Er lächelte sie überrascht an und zeigte auf die Sitzecke mit den eleganten Polstermöbeln aus Leder. Statt sich zu setzen, ging sie lieber zum Fenster und schaute hinaus. Unten auf der Straße kroch zäher Feierabendverkehr. Es erinnerte sie an Filmbilder von Lavamassen, die sich schwerfällig, aber unaufhaltsam vorwärts wälzten.

„Was führt dich her?" Die plötzliche Nähe seiner Stimme erschreckte Emily. Sie hatte nicht gehört, dass er aufgestanden und zu ihr gekommen war. Sie umarmten und küssten sich.

„Ich muss mit dir reden", sagte sie.

Ihr Vater ging zurück zum Schreibtisch. Er blickte auf die Uhr.

„In zwei Stunden bin ich zu Hause, Emily. Lass uns dann reden. Ich habe noch ein paar wichtige Anrufe zu erledigen.“

Es klang nicht ungehalten, aber entschlossen. Wenn sie sich nicht etwas Entscheidendes einfallen ließ, würde er sie abblitzen lassen, soviel war sicher.

Er blieb am Schreibtisch stehen. Seiner Tochter den Rücken zugewandt, blätterte er in irgendwelchen Unterlagen. Fast schien es, als habe er schon wieder vergessen, dass sie überhaupt da war. Sie überlegte fieberhaft. Ihr fiel nichts ein, wie sie ihn dazu bringen konnte, ihr zuzuhören. Sie wünschte sich Lena her. Die hätte es geschafft. Aber wie? Was hätte sie gesagt?

„Es geht um Mama.“

Emily hörte ihre eigene Stimme wie die einer Fremden. Warum hatte sie das gesagt? Gleich mit der Frage war ihr die Antwort klar: Weil Lena es gesagt hätte.

Die Worte verfehlten ihre Wirkung nicht. Ihr Vater drehte sich zu ihr um. Er blickte sie an, als habe er erst jetzt erkannt, dass sie es war und nicht irgendjemand, der ihm ein Manuskript andrehen wollte.

„Mama?“, wiederholte er. „Aber wieso? – Setz dich erst mal.“

Ohne seinen Blick von Emily abzuwenden, begleitete er sie zur Sitzecke. Sie nahmen nebeneinander auf dem großen Sofa Platz. Jetzt musste sie die Kurve kriegen, das war ihr klar. Nur *wie*?

„Ich hab dich mal gefragt“, fing sie einfach irgendwie an, „warum ich eigentlich keine Geschwister habe. Erinnerst du dich?“

„Natürlich.“ Die leichte Spannung in seiner Stimme war nicht zu überhören.

„Dann“, sagte Emily, „erinnerst du dich sicher auch an deine Antwort.“

„Ja“, antwortete er ruhig. „Wir wollten keine Kinder mehr haben, deine Mutter und ich. Du warst uns genug.“

„Das stimmt nicht ganz“, meinte sie. „Ich war *dir* genug. Mama hätte gern noch ein oder zwei Kinder gehabt.“

„Das habe ich dir so erzählt?“ Er schien sich nicht zu erinnern.

„Stimmt es nicht?“

„Doch, es stimmt. Ich wusste nur nicht mehr …“

„Warum willst du dann jetzt mit Vera plötzlich Kinder haben? Du bist sechsundvierzig.“

„Und du findest, das ist zu alt für Kinder?“ Er schenkte sich ein Glas Wasser ein, Emily lehnte ab. Seine Anspannung löste das offensichtlich nicht auf.

„Es ist sicher nicht das ideale Alter, um noch mal Papa zu werden.“

Er trank einen Schluck. Emily hatte nicht gedacht, dass sie ihn so sehr in Verlegenheit bringen konnte und plötzlich tat er ihr leid. Sie *wollte* ihn nicht in Verlegenheit bringen. Sie liebte ihn über alles, rückte ein Stück näher an ihn heran, legte ihre Hand auf seine, die sich kalt anfühlte. Er lächelte leise.

„Wie kommst du eigentlich darauf“, fragte er, „dass ich mit Vera Kinder haben will?“

„Sie hat es doch neulich gesagt.“

„Das stimmt. Aber habe ich ihr zugestimmt?“

„Du hast ihr nicht widersprochen.“

Er stand auf, steckte die Hände in die Taschen und machte ein paar Schritte durchs Zimmer.

„Es war nicht der richtige Augenblick“, behauptete er. „Sie war in einer so labilen Verfassung.“

„Ist sie das nicht ... ziemlich oft?“

„Aber nein. Wie kommst du denn darauf? Sie ist eine starke und intelligente Frau.“

Sie hatte nicht behauptet, dass Vera dumm sei. Aber war sie wirklich so stark, wie sie zu sein vorgab? Emily war sich da gar nicht so sicher.

„Du musst es ihr sagen.“ Sie stand ebenfalls auf und ging zu ihm. „Oder hast du deine Meinung doch geändert und willst Kinder?“

„Nein“, sagte er ernst. „Noch weniger als damals will ich heute weitere Kinder haben.“

Sie dachte, er sagte das einfach, weil er älter geworden war. Nicht im Traum wäre sie darauf gekommen, dass es hierfür noch einen anderen Grund geben könnte.

„Du hast recht, Emily“, sagte er schließlich. „Ich werde mit ihr drüber reden. Sie muss wissen, woran sie mit mir ist.“

In diesem Moment begriff sie, dass er tatsächlich Angst hatte, Vera könnte ihn verlassen.

„Wenn sie geht, ist sie selbst schuld“, sagte sie.

Er leerte sein Glas. Sie ging zu ihm und gab ihm einen Kuss auf die Wange. Dann machte sie die Tür auf.

„Du bist sehr klug“, sagte er und lächelte. „Was würde ich nur ohne dich machen?“

Emily hatte ihren Schlüssel vergessen und klingelte, Vera öffnete die Tür. Auch heute hatte sie die Haare hochgesteckt, wenn auch weniger kunstvoll. Außerdem trug sie eine Schürze, darunter eine alte, zerschlissene Jeans und ein zweitklassiges T-Shirt. Dieses Bild bot sie ziemlich oft, wenn Emily nach Hause kam. Sie war dann in voller Aktion in Sachen Hausarbeit. Kochen, Putzen, Bügeln und so weiter. Und so sah sie auch aus. Sie erinnerte Emily an eine Vollblutmutter aus den Sechzigern, wie sie sie nur aus Filmen kannte.

Bis Emilys Vater erschien, hatte sie es regelmäßig geschafft, sich komplett zu verwandeln. Dann sah sie aus wie ein anderer Mensch. Nichts mehr von typischer Hausfrau oder Sechzigerjahre-Muff. Einfach nur noch eine tolle Frau Anfang eines neuen Jahrtausends, nach der sich die Männer die Finger leckten. Emily war sicher, dass ihr Vater von der Hausfrauenmontur noch nicht mal was ahnte. Im Flur roch es stark nach gebratenem Fleisch.

„Hallo, mein kleiner Engel", sagte Vera und hielt Emily die Wange zum Begrüßungskuss hin. Normalerweise umarmte sie sie flüchtig, aber heute hatte sie ein Küchenmesser in der einen und eine Gabel in der anderen Hand. Es sah nicht ungefährlich aus. Emily tippte drauf, dass sie einen Braten in der Röhre hatte. Wegen der doppelten Bedeutung der Worte hätte sie fast gegrinst, aber das Grinsen blieb ihr im Hals stecken. An Veras Getue bei der Begrüßung hatte sie sich fast schon gewöhnt, aber dass sie *mein kleiner Engel* zu ihr sagte, war völlig neu und haute sie fast um.

„Ich heiße Emily", sagte sie entschieden.

Die Abfuhr schien Vera stärker zu treffen als vorgesehen. Ihr Gesicht spannte sich seltsam an.

„Entschuldige", sagte sie beleidigt, „wenn ich dir zu nahe getreten bin."

Ihr Tonfall brachte Emily endgültig auf die Palme. Sie zischte an ihr vorbei, ohne ihr einen Blick zu schenken. Der Geruch von gebratenem Fleisch wurde schärfer. Früher hatten sie oft nur an den Wochenenden warm gegessen, waren unter der Woche höchstens mal essen gegangen. Jetzt aber hatte die Küche einen ganz neuen Sinn bekommen: Vera kochte jeden Tag in ihr.

„Was soll das?", fragte Emily. „Warum entschuldigst du dich bei mir?"

Sie hängte ihre Jacke an die Garderobe. Vera war auf dem Rückweg zum Herd. „Soll ich mich jetzt vielleicht wieder bei dir entschuldigen, weil ich dich dazu gebracht habe, dich bei mir zu entschuldigen? Wird das jetzt so eine Art Kettenspiel oder was?"

Sie war extrem geladen. Veras ganzes Hausfrau-und-Mutter-Getue nervte sie unheimlich. Es erschien ihr so unpassend. Erst seit wenigen Wochen war diese Frau mit ihrem Vater zusammen. Sie selbst kannte sie eigentlich kaum. Vera aber führte sich auf, als umsorge sie die beiden seit Jahren. Emily fand, dass sie kein Recht dazu hatte. Aber nach dem Recht fragte Vera nicht, sie nahm es sich einfach.

„Da brennt irgendwas an", sagte Emily nicht ohne leisen Triumph.

Mit panischem Blick verschwand Vera in der Küche. In spätestens einer Stunde würde Paul nach Hause kommen. Emily ging die Treppe hinauf in ihr Zimmer. Es ging ihr nicht besonders gut. Sie hatte ein Gefühl, als würde sie krank werden.

Leise stellte sie Musik an und legte sich aufs Bett, um sich auszuruhen. Sie hatte Kopfschmerzen. Als es an ihrer Tür klopfte, lag sie noch keine zwei Minuten, sie reagierte nicht. Was Vera nicht davon abhielt, die Tür einen Spaltbreit zu öffnen und den Kopf hereinzustrecken.

„Ich will dich nicht stören", erklärte sie.

„Warum tust du es dann?"

Emily war noch immer gereizt. Sie öffnete die Augen nicht, hörte Vera hereinkommen und die Tür hinter sich schließen. Sie setzte sich auf die Bettkante, Emily spürte es an der Bewegung der Matratze. Dann fühlte sie Veras Hand auf ihrer Stirn und versuchte, diese wie eine lästige Fliege abzuschütteln.

„Genau deshalb", antwortete Vera. „Ich will nicht, dass wir beide uns streiten."

„Wir streiten uns nicht", erklärte Emily.

„Aber ich will, dass wir uns wirklich gut verstehen."

Emily öffnete die Augen auf, stützte sich nach hinten auf die Ellenbogen.

„Vera", sagte sie, „man kann solche Sachen nicht erzwingen. Entweder man versteht sich gut oder nicht. Würdest du mich bitte alleine lassen? Ich hab Kopfschmerzen."

„Aber ich begreife dich nicht." Es klang verzweifelt. „Du hast mich doch überhaupt erst mit deinem Vater bekannt gemacht. Ich bin dir unheimlich dankbar dafür. Er ist das große Glück meines Lebens. Aber jetzt benimmst du dich, als könntest du mich nicht ausstehen." Sie hatte tatsächlich Tränen in den Augen.

„Das stimmt nicht", sagte Emily. „Ich kann dich ausstehen. Es geht mir nur alles ein bisschen zu schnell mit euch beiden."

„Aber warum sollen wir zögern", fragte Vera, „wenn wir doch jetzt schon wissen, dass es nur einen Weg für uns gibt? Wir sind nicht mehr die Allerjüngsten."

Vielleicht hatte sie recht. Emily wusste es plötzlich nicht mehr. Sie wusste überhaupt nichts mehr. Vielleicht irrte sie sich oder sah alles übertrieben. Ihr Kopf schien regelrecht zu explodieren.

„Ich brauche einfach noch etwas Zeit, um eurem Tempo folgen zu können", sagte sie. „Okay?"

„Okay." Vera stand auf und öffnete die Tür. Sie drehte sich noch einmal um.

„So eine Tochter wie dich habe ich mir immer gewünscht", sagte sie.

„Und?", fragte Emily. „Warum hast du keine?"

„Es sollte nicht sein", sagte sie unbestimmt. „Das Schicksal will nicht immer das Gleiche wie wir."

Für Emily hörte sich das an wie aus einem Kitschroman geklaut. Aber sie sagte nichts mehr. Vera war kaum draußen, als sie einschlief. Aber sie hatte Albträume und wachte sofort wieder auf. Sie war jetzt sicher, dass sie Fieber hatte.

7

Zum Essen stand sie zwar auf, aber es ging ihr kaum besser. Sie bekam keinen Bissen herunter. Vera hatte tatsächlich einen Braten im Ofen gehabt (in wahrsten Sinne des Wortes) und viele verschiedene Gemüsesorten standen auf dem Tisch. Das Fleisch sah nicht angebrannt aus, und Emily fragte sich, wie sie das hingekriegt hatte. Trotzdem wurde ihr allein von dem Geruch übel. Alles in allem lag das wahrscheinlich weniger am Essen als an ihrem Zustand.

Vera sah aus wie jeden Tag um diese Zeit: adrett, schick und dezent sexy. Auch die Blicke von Emilys Vater schienen zunächst bewundernd wie immer. Aber dann sah und spürte sie, dass da doch etwas anders war. Sie erkannte eine leise Anspannung in seinem Gesicht. Auch Vera wirkte nicht so gelöst wie sonst, und Emily war froh, einen guten Grund für einen schnellen Rückzug zu haben.

„Ich stell mir morgen früh den Wecker", sagte sie, „und entscheide dann, ob ich zur Schule gehe."

Ihr Vater fühlte besorgt ihre Stirn.

„Ich glaube nicht, dass du gehen kannst", sagte er.

„Auf keinen Fall kann sie gehen", meinte Vera. Sie stand auf und sagte, sie würde Emily sofort Wadenwickel machen.

„Sowas will ich nicht." Auf keinen Fall wollte sie sich auch noch von ihr verarzten lassen. „Schlaf ist die beste Medizin."

Das hatte ihre Mutter immer gesagt. Und dies war, wie Emily fand, genau der richtige Moment, sie zu zitieren. Ihr Vater lächelte ihr etwas wehmütig zu, auch er erinnerte sich. Vera ließ sich in ihrer Geschäftigkeit nicht so leicht bremsen und holte einen Stapel Geschirrtücher aus dem Schrank. Emily warf ihrem Vater flehentliche Blicke zu.

„Lass sie, Vera", bat er. „Wadenwickel konnte sie schon als kleines Kind nicht ausstehen."

Vera stutzte einen Moment, dann legte sie die Tücher zurück in den Schrank und setzte sich.

„Na schön", sagte sie. „Wenn ihr meine Hilfe nicht annehmen wollt. Wadenwickel sind das einzig Wahre bei Fieber."

Sie schien schon wieder beleidigt. Emily hatte weder Lust noch Zeit, sich das erneut anzutun und ging nach oben. Von der Treppe aus hörte sie, dass Vera in der Küche lauter wurde, was neu war. Noch nie hatte sie die beiden streiten hören. Und auch diesmal war sie sich nicht sicher, ob es ein richtiger Streit werden würde oder ob Vera sich nur kurz Luft machte.

Eigentlich war ihr das aber auch egal, sie war froh, als sie ihr Bett erreicht hatte und ließ sich erschöpft hineinfallen. Sie zog sich die Decke bis über die Ohren und schlief ein, kaum dass sie lag.

Sie erwachte schweißgebadet, fühlte sich aber etwas besser. Sie hatte brennenden Durst und hatte vergessen, sich Wasser ans Bett zu stellen.

In Windeseile wechselte sie das Nachthemd und machte sich auf den Weg in die Küche. Es war kurz nach zwei Uhr nachts.

Zunächst glaubte sie, sich zu täuschen, als sie leise Stimmen aus dem Wohnzimmer hörte. Normalerweise lag ihr Vater um diese Zeit im Bett. Sie erinnerte sich, dass sie genau das schon einmal gedacht hatte. Das war in jener Nacht gewesen, in der er Vera kennengelernt hatte und so begeistert von ihr war.

Es erschien ihr merkwürdig, dass das erst wenige Wochen zurücklag, so viel war passiert in der Zwischenzeit. Auch dieses Mal täuschte sie sich nicht, es war tatsächlich jemand im Wohnzimmer, die Tür war nur angelehnt. Sie erkannte die Stimmen von Vera und Paul. Die zwei redeten nicht wirklich laut, gaben sich aber auch keine Mühe, besonders leise zu sein. Vermutlich gingen sie davon aus, dass Emily tief und fest schlief. Sie schlich etwas näher an die Tür heran und konnte nun hören, was die beiden redeten. Sehen konnte sie sie allerdings nicht.

„Aber ich verstehe das nicht", sagte Vera. „Dass du damals mit Eva keine Kinder mehr haben wolltest, ist eine Sache. Dafür gab es sicher gute Gründe. Aber was hat das mit uns zu tun?"

Es klang, als ob sie sehr nah beieinander saßen. Emily stellte sich vor, dass sie den Kopf auf seinem Schoß liegen hatte und ihn von unten her anschaute. So hatte sie beide schon oft gesehen.

„Es war ein ständiger Streitpunkt zwischen uns", sagte Emilys Vater. „Sie wollte unbedingt noch ein Kind haben, aber ich hab mich dagegen gesträubt. Ich hab das schon so oft bereut, seit sie tot ist. Es käme mir wie ein Verrat an ihr vor, wenn ich jetzt ..."

„Soll ich auch erst sterben", fragte Vera ernst, „damit du es dann auch bei mir bereust?"

Emily blieb die Luft weg. Es erschien ihr unglaublich, mit welchen Mitteln Vera ihren Vater unter Druck setzte. Sie musste sich sehr zusammenreißen, um nicht wütend ins Zimmer zu rennen, während er erstaunlich gelassen blieb.

„Sag so was nicht", meinte er ruhig. „Auch wenn du es nicht ganz ernst meinst."

„Oh doch", versicherte sie. „Ich meine es sehr ernst. So sind die meisten Menschen doch. Sie bereuen immer erst die Dinge, die sie tun oder nicht tun, wenn jemand tot ist."

Er schien drüber nachzudenken, jedenfalls sagte er eine Weile nichts. Emily dachte, dass sie sich vielleicht küssten.

„Das ist es nicht allein", hörte sie schließlich die Stimme ihres Vaters wieder. „Da ist noch etwas anderes."

Die Spannung im Zimmer war bis zu Emily hinaus spürbar. Sie stellte sich vor, dass Veras Kopf etwas hochkam, damit sie ihn besser im Auge hatte. Aber er scheute sich lange, weiterzureden.

„*Was* ist da noch?" Die Frage hatte auch Emily auf der Zunge gebrannt.

„Ich bin noch ein zweites Mal Vater geworden."

Wieder folgte ein langes Schweigen. Emily stellte sich vor, dass Vera sich nun neben ihn setzte, um sich zu sammeln. Sie selbst jedenfalls hatte das dringende Bedürfnis, sich zu sammeln. Was redete er denn da?

„Ist das Kind … gestorben?" Wieder sprach Vera aus, was Emily dachte.

„Nein, es lebt." Pauls Stimme klang fremd. „Es ist zwei Jahre alt."

„Bei einer anderen Frau." Das war eine Feststellung, keine Frage. Emily stellte sich vor, dass ihr Vater nickte, bevor er sagte: „Ja natürlich. Bei seiner Mutter."

Plötzlich wurde ihr schwindlig. Ihr wurde schwarz vor Augen, sie hatte Angst, umzukippen. Da sie auf keinen Fall wollte, dass die beiden sie hier entdeckten, schlich sie zurück zur Treppe. Sie hoffte, dass sie es bis nach oben schaffte, sicher war sie sich da nicht.

Mit einem Ohr hörte sie, dass das Gespräch im Wohnzimmer weiterlief, konnte aber nichts mehr verstehen. Schließlich hatte sie es geschafft. Mit allerletzter Kraft schleppte sie sich zu ihrem Bett. Sie hätte es niemandem erklären können, aber als sie wieder lag, schossen ihr die Tränen in die Augen.

Am nächsten Morgen erwachte sie kurz vorm Weckerklingeln. Als Erstes stellte sie fest, dass ihr Kissen noch feucht war. Als Zweites trank sie die Flasche Wasser leer, die sie in der Nacht geholt hatte. Dann fiel ihr wieder ein, was ihr Vater zu Vera gesagt hatte.

Ein paar Sekunden lang zweifelte sie tatsächlich daran, dies wirklich erlebt zu haben. Vielleicht war es nur ein Fiebertraum gewesen. Eine Sache aber gab es, an der sie nicht zweifelte in diesen Minuten zwischen Tag und Nacht: Unmöglich konnte sie zur Schule gehen. Das Fieber war alles andere als verschwunden, ihr Kopf tat weh und ihr war schlecht.

Sie drehte sich auf die andere Seite, wollte einfach nur weiterschlafen. Aber die Gedanken in ihrem Kopf kreisten wie ein rundes Sägeblatt, ihr Schädel drohte zu platzen. Sie stand auf, um sich von unten eine Kopfschmerztablette zu holen. Zwar hatte sie überhaupt keine Lust, Vera in der Küche zu treffen, aber es half nichts. Ohne Tablette würde sie kein Auge mehr zubekommen.

Vera war um diese Zeit *immer* in der Küche. Sie machte Emilys Vater das Frühstück und setzte sich mit ihm an den Tisch, genau wie ihre Mutter es früher gemacht hatte. An diesem Morgen allerdings traf sie ihn allein an. Es war ein ungewohntes Bild.

„Nanu", sagte sie. „Hat es Vera auch erwischt?"

„Sie ist ausgezogen", antwortete er.

Er bemühte sich, sachlich zu klingen, aber das gelang ihm nicht. Emily musste sich setzen.

„Wann? *Heute Nacht?*"

Er nickte und trank einen Schluck von seinem Kaffee.

„Aber wie geht es dir?", fragte er. „Noch Fieber?"

Emily überhörte seine Frage.

„Aber wieso das denn? Ihr habt doch noch ..."

Sie brach mitten im Satz ab. Fast hätte sie ausgeplaudert, dass sie ihr Gespräch belauscht hatte. Glücklicherweise überhörte ihr Vater ihre Unsicherheit.

„Wir haben gestritten", sagte er. Mit jedem Wort sah er ein bisschen unglücklicher aus.

„So heftig?" Emily war sicher, wenn es laut geworden wäre, hätte sie es gehört.

„Eigentlich nicht", meinte er und stand auf, um sich einen Kaffee nachzuschenken. „Aber ich habe sie wohl sehr verletzt." Er blieb mit seinem Becher an den Schrank gelehnt stehen.

„Aber wie denn?", fragte Emily. „Was hast du denn gemacht?"

Ihre Kopfschmerzen wurden plötzlich noch schlimmer. Sie stand auf und holte sich eine Tablette aus dem Schrank.

„Ich erzähl es dir", sagte ihr Vater, „wenn es dir wieder besser geht."

Emily füllte ein großes Glas mit Wasser und spülte die Tablette hinunter. Sie drängte nicht weiter.

„Und jetzt", fragte sie stattdessen, „ist sie ganz weg? Ich meine, sie ist wirklich ausgezogen? Endgültig?"

„Nein", sagte er, „nicht endgültig." Es klang, als müsse er sich selbst überzeugen. „Sie braucht nur etwas Bedenkzeit, das ist alles."

„Hat sie ihre Sachen mitgenommen?"

„Nur das Allernötigste."

Emily wusste nicht, was sie sich wünschen sollte. Auf der einen Seite tat er ihr leid, auf der anderen ging ihr die ganze Zeit einer seiner Sprüche durch den Kopf: *Besser ein Ende mit Schrecken als ein Schrecken ohne Ende.*

„Aber wo ist sie denn hin? Sie hat doch gar keine Wohnung mehr."

„Das hat sie nicht gesagt. Aber sie hat gesagt, dass das kein Problem ist. Sie hat eine Möglichkeit."

„Ist sie …" Emily war unwohl, die Frage auszusprechen. Ihr Vater nahm es ihr ab: „Sie ist bei keinem anderen Mann, falls du das meinst. Da bin ich mir vollkommen sicher."

Er hatte noch keinen einzigen Schluck von seinem frischen Kaffe genommen. Es schien, als hätte er völlig vergessen, dass er ihn überhaupt in der Hand hielt. Emily dachte, dass er unter einer Art Schock stand.

„Aber wo ist sie?"

„Ich weiß es nicht", sagte er. „Gerade wird mir überhaupt erst klar, wie wenig ich von ihr weiß."

Kein Wunder bei der kurzen Zeit, dachte Emily, sagte aber nichts. Dann wechselte ihr Vater das Thema. Besorgt sah er sie an.

„Du bist sehr blass, mein kleiner Engel", meinte er. „Am besten, du legst dich ganz schnell wieder hin. Kann ich dich überhaupt allein lassen?"

Seine Besorgnis tat Emily gut. In diesem Moment war sie ihm wichtiger als sein Schock über Veras Auszug.

„Kein Problem", sagte sie. „Den Vormittag werd ich schlafen. Und nachmittags wird Lena bestimmt hier sein."

„Okay. Jetzt aber ab ins Bett. Ich bring dir gleich noch einen Tee nach oben."

„Brauchst du nicht." Plötzlich überfiel sie eine Schüttelfrostattacke. Ihr Vater nahm sie in den Arm und ging mit ihr nach oben. Als sie im Bett lag, deckte er sie zu, wie er es früher getan hatte.

„Weißt du noch?", fragte sie ihn. „Nach Mamas Tod? – Da hast du mich immer ins Bett gebracht. Und dann hast du mir Märchen aus dem dicken Buch vorgelesen."

„Natürlich weiß ich das noch", sagte er. „Und ich werde es auch niemals vergessen."

Er streichelte ihre Stirn und stand auf.

„Ich bring dir jetzt noch den Tee und ein paar Tabletten. Falls das Fieber weiter steigt."

„Okay“, sagte sie und blickte ihm nach. Als er wieder nach oben kam, war sie schon eingeschlafen. Der Tee auf ihrem Nachtschrank wurde lauwarm.

8

Als Emily zum zweiten Mal erwachte, stand Vera neben ihrem Bett. Es schien, als habe sie sie schon eine ganze Weile im Schlaf beobachtet. Vera sah schlecht aus, war blass und hatte dunkle Ringe unter den Augen. Ihr Haar war offen und nicht gut gebürstet. So vernachlässigt hatte Emily sie noch nie gesehen. Irgendetwas, das sie nicht erkennen konnte, hielt Vera in der Hand. Emily richtete sich auf und sah, dass es eine Suppentasse war. Dampf stieg daraus auf.

„Hallo, mein kleiner Engel." Ihre Stimme klang seltsam weit entfernt. Als würde sie aus dem Nebenzimmer sprechen. Emily wollte sich erneut gegen die Anrede wehren, fand aber nicht die Energie.

„Ich habe dir eine Hühnerbrühe gemacht. Damit du schnell wieder gesund wirst."

Die Suppentasse kam langsam auf Emily zu. Es war, als ob sie schwebte. Sie hatte nicht mehr die Kraft, die Augen aufzuhalten. Und kaum hatte sie sie geschlossen, schlief sie wieder ein.

Als sie das nächste Mal erwachte, erinnerte Emily sich zunächst nicht an diese Szene. Wie ein zurückliegender Traum hatte sie sich aus ihrem Bewusstsein entfernt. Sie hatte keine Ahnung, wie spät es war oder wie lange sie geschlafen hatte. Sie fühlte sich wieder etwas besser, die Kopfschmerzen waren verschwunden. Das

Telefon klingelte. Emily erschrak, denn das Klingeln war direkt neben ihrem Ohr, das Telefon lag auf dem Nachtschrank. Wahrscheinlich hatte ihr Vater es dorthin gelegt, damit er sie gut erreichen konnte.

„Hallo, Emily hier." Sie war sicher, dass er es war, um sich nach ihrem Zustand zu erkundigen.

„Hallo, mein kleiner Engel. Hier ist Vera."

Auch das noch! Das war das Letzte, worauf sie Lust hatte.

„Du sollst nicht immer ..." Emilys Worte klangen scharf. Es schien bergauf zu gehen mit ihr. Dann stieg die verschwommene Erinnerung an einen Traum mit Vera in ihr auf. Auch darin hatte sie sie *Mein kleiner Engel* genannt. Und sie hatte es nicht geschafft, dagegen zu protestieren.

„Geht es dir wieder etwas besser?", unterbrach Vera sie. Es schien, dass sie ihren Einwand gar nicht gehört hatte. Auch Emilys Antwort wartete sie nicht ab.

„Es tut mir leid", sagte sie stattdessen, „dass ich vorhin gleich wieder gehen musste."

Wie aus einer Nebelwolke brach nun in Emily die Erinnerung auf und wurde schnell klarer. Die kurze Szene vorhin war kein Traum gewesen. Vera hatte tatsächlich hier an ihrem Bett gestanden. Am Ende war das Bild fast überdeutlich. Sie hatte eine dampfende Suppentasse in der Hand gehalten und von Hühnerbrühe gesprochen.

„Was hast du überhaupt hier gemacht?", fragte Emily. „Ich denke, du bist ausgezogen."

„Aber ich musste doch nach dir sehen, mein kleiner Engel."

In Emily schlugen alle Alarmglocken auf einmal an. Irgendetwas war hier oberfaul. Veras Tonfall war äußerst merkwürdig. Emily fasste spontan den Entschluss, sich auf ihr Spiel einzulassen. Deshalb protestierte sie diesmal nicht gegen den *kleinen Engel.*

„Das ist aber lieb von dir“, säuselte sie in den Hörer. „Es ist schön, dass du dich so um mich sorgst.“ Sie wollte wissen, wohin das führte. Wie weit würde Vera gehen?

„Du kannst dir nicht vorstellen“, sagte sie, „wie glücklich ich über deine Worte bin. Bisher schien es mir immer, dass du meine Fürsorge ablehnst. Das hat mir sehr wehgetan.“

„Aber nein“, protestierte Emily und fragte sie, wie sie denn darauf käme. „Es war vielleicht nur ein bisschen … ungewohnt. Du weißt ja, seit meine Mutter tot ist …“

Obwohl sie nur ein Spiel spielte, blieben ihr jetzt die Worte im Hals stecken.

„Ja, ich weiß, mein kleiner Engel. Ich kenne deinen Schmerz.“

Emily fragte sich, woher ausgerechnet sie ihren Schmerz kennen sollte. Vera gab die Antwort: „Ich habe selbst nie eine Mutter gehabt. Ich weiß, was einem da fehlt.“

„Jeder Mensch hat eine Mutter“, sagte Emily lauernd.

„Sie ist bei meiner Geburt gestorben. Ich bin in Pflegefamilien und Heimen aufgewachsen.“

„Gleich in mehreren?“

„Ich war nirgends lange.“ Sie überhörte Emilys Ironie. „Ich habe immer Pech gehabt. Und jetzt das mit deinem Vater. Er liebt mich nicht mehr. Wahrscheinlich hat er mich nie geliebt.“

Emily befürchtete, dass sie jeden Augenblick anfangen würde zu weinen und kehrte zurück zum alten Thema: „Was war mit *deinem* Vater?"

„Ach der." Veras Stimme wurde kalt und anklagend. „Der war ein Säufer und konnte nichts. Er hat mich im Stich gelassen."

„Wenn er getrunken hat", meinte Emily, „war es dann nicht vielleicht besser so?"

„Ein Kind braucht seine Mutter und seinen Vater. Und wenn einer nicht mehr da ist, muss der andere ihn ersetzen." Das klang wie ein Gesetzestext, offenbar nichts, über das sie diskutieren wollte. Dann plötzlich schien sie sich zu besinnen:

„Aber wir reden die ganze Zeit über mich. Und über Dinge, die längst vorbei sind. Dabei bist heute du krank. Wie geht es dir?"

„Etwas besser", sagte Emily wahrheitsgemäß. „Wo bist du eigentlich?"

„Das ist nicht so wichtig", meinte Vera nebenbei. „Aber es ist schön, dass es dir besser geht." Ihre Stimme war nun wieder voller Herzlichkeit. „Ich melde mich wieder bei dir, mein kleiner Engel. Leider muss ich jetzt aufhören. Bis bald also."

„Vera", sagte Emily ernst.

„Ja?"

„Es wäre schön, wenn du nicht immer *mein kleiner Engel* zu mir sagen würdest." Sie konnte es sich einfach nicht verkneifen, es störte sie maßlos.

„Übrigens", sagte Vera, „die Hühnersuppe steht in der Küche auf dem Herd. Mach sie dir warm und iss sie. Etwas Besseres gibt es nicht bei Grippe."

Auf Emilys Bitte ging sie mit keinem Wort ein. Und ehe Emily noch etwas sagen konnte, hatte sie aufgelegt. Emily schlug ihre Kissen auf und dachte noch eine Weile über dieses merkwürdige Gespräch nach. Aber noch bevor sie zu irgendeinem Ergebnis gekommen war, schlief sie wieder ein.

Am Abend erzählte sie ihrem Vater von den Ereignissen des Tages. Soweit sie Vera betrafen. Andere Ereignisse hatte es allerdings auch nicht gegeben. Nur Lena hatte angerufen und sich entschuldigt, dass sie keinen Krankenbesuch machen könne. Sie hatte Alexander *am Hals*, wie sie es nannte und wollte ihm den *Bazillendschungel* in Emilys Zimmer ersparen.

„Sie war *hier*?", fragte ihr Vater ungläubig, als Emily ihm von der seltsamen Szene mit Vera an ihrem Bett berichtet hatte. „Aber wo ist sie denn jetzt? Warum hast du sie wieder gehen lassen?" Er schaffte es nicht, seine Aufregung zu verbergen.

„Weil ich eingeschlafen bin", sagte Emily. „Aber auch sonst hätte ich sie wohl nicht festgehalten. Immerhin ist sie erwachsen. Sie muss selbst wissen, wohin sie geht oder nicht geht. Findest du nicht?"

„Doch. Natürlich." Er setzte sich auf die Bettkante. „Aber sie ist in einer so schwierigen Verfassung. Ich mache mir wirklich Sorgen um sie."

„Was ist denn eigentlich los?", fragte Emily. „Du hast mir noch gar nicht erzählt, warum genau sie weg ist."

Er stand auf, ging zum Fenster und öffnete es. Er suchte nach einem Anfang, fand aber keinen.

„Sie hat gesagt, dass du sie nicht mehr liebst", half Emily ihm auf die Sprünge. „Oder wahrscheinlich nie geliebt hast."

Erschrocken drehte er sich zu ihr um.

„Das hat sie wirklich gesagt?"

Emily nickte.

„Aber wie kommt sie denn darauf?"

„Das hat sie mir nicht verraten."

Durch das Fenster strömte milde Frühlingsluft ins Zimmer. Emily genoss es und atmete tief ein und aus, ihr Vater setzte sich wieder zu ihr, sah sie eindringlich an.

„Ich habe ihr nur gesagt …"

„… dass du noch ein Kind hast außer mir", ergänzte Emily seinen angefangenen Satz. Völlig entgeistert sah er sie an.

„Aber …"

„Heute Nacht war ich in der Küche", sagte sie. „Eure Tür war nicht ganz zu. Ich wollte nicht lauschen."

„Aber du hast es gemacht?"

Emily nickte. Eine Weile sagten beide nichts. Vielleicht hatten sie ein schlechtes Gewissen. Jeder sein ganz eigenes.

„Und ist sie wirklich deshalb gegangen?", fragte Emily schließlich. „Ich meine, wegen dem anderen Kind."

Eigentlich konnte sie sich das gar nicht vorstellen. Schließlich hatte er sie nicht betrogen, das Kind war zwei Jahre alt, seine Geburt lag lange vor Veras Zeit.

„Nein", sagte ihr Vater. „Nicht deshalb."

„Sondern weil du kein Kind mehr mit ihr haben willst. Stimmt's?"

Er nickte und starrte vor sich auf den Fußboden. „Ich habe ihr all meine Gründe dafür genannt. Und einer davon ist eben das andere Kind. Es ist ein Junge."

„Hast du noch … Kontakt zu ihm?" Es fiel Emily nicht leicht, diese Frage zu stellen. Immerhin handelte es sich bei diesem Kind um ihren Halbbruder.

„Nein." Die Antwort fiel ihm offenbar noch schwerer als ihr die Frage. „Ich habe damals von seiner Mutter eine Abtreibung verlangt. Sie hat es nicht gemacht. Wir haben den Kontakt abgebrochen. In beiderseitigem Einverständnis."

„Aber du zahlst für ihn?"

„Sie will kein Geld von mir. Dazu ist sie viel zu stolz. Ich glaub, ich hab sie damals mit meinem Beharren auf der Abtreibung sehr verletzt."

Seit dem Tod ihrer Mutter hatte Emily nicht mehr erlebt, dass er Tränen in den Augen hatte. Jetzt sah sie welche. Sie setzte sich neben ihn und legte den Arm um seine Schulter. Er erwiderte die Umarmung.

„Du verstehst doch", sagte er, „dass ich nach all dem jetzt nicht einfach mit einer anderen Frau Kinder in die Welt setzen kann? Jedenfalls nicht so schnell."

„Ja", sagte Emily beruhigend. „Das verstehe ich. Und ich finde es gut, dass du so denkst."

Er lächelte sie an. Sie spürte, dass ihre Worte ihm halfen. Das wiederum half ihr, sich augenblicklich gesünder zu fühlen.

„Als sie angerufen hat", fragte er nach einer Weile des Nachdenkens, „hat sie da nicht erwähnt, wo sie ist?"

„Mit keinem Wort."

„Oder eine Telefonnummer hinterlassen?"

Emily schüttelte den Kopf.

„Aber am Ende hat sie *Bis bald* gesagt. Das heißt ja wohl, dass es kein Abschied für immer ist."

„In was steigert sie sich da nur rein? Ich verstehe das nicht.“

„Vielleicht hat es irgendwas mit ihrer schwierigen Kindheit zu tun?“, mutmaßte Emily. Langsam wurde es kühl im Zimmer, sie legte sich und ihrem Vater die Decke über die Beine.

„Das kann vielleicht sein“, meinte er. „In gewisser Weise hat man an so was natürlich ein Leben lang zu kauen. Wenn man zehn Jahre alt ist, beide Eltern bei einem Flugzeugabsturz zu verlieren. Was da in einem vorgeht, kann wohl nie ein anderer verstehen. Und dann noch bei Adoptiveltern zu landen, die einen fast täglich verprügeln.“

Emily bekam den Mund kaum noch zu.

„Adoptiveltern? Flugzeugabsturz? – Kann es sein, dass wir nicht von derselben Person reden?“

Hilflos sah ihr Vater sie an. Sie erzählte ihm, was Vera ihr über ihre Kindheit erzählt hatte. Unverkennbar mischte sich Erschrecken in seine Mimik.

9

Am nächsten Nachmittag kam Lena zum Krankenbesuch. Dabei hatte sie Emily nach der Schule noch angerufen, um zu verkünden, dass sie wieder nicht kommen könne.

„Pupsi, du verstehst."

Erst als Emily von den neuesten Geschichten um Vera erzählt hatte, war sie erfinderisch geworden.

„Wir machen das ganz einfach", hatte sie gesagt. „Er bleibt unten auf der Schaukel. Dann kann ich ihn durchs Fenster im Auge behalten. In einer halben Stunde bin ich bei dir."

Die Schaukel im Garten war ein Relikt aus Emilys Kindheit. Sie glaubte, ihr Vater hatte sie als eine Art Denkmal stehen lassen.

Schaukeln gehörte zu Alex' Lieblingsbeschäftigungen. Von daher war die Sache okay. Und Emily freute sich auf die Abwechslung. Die Nacht hatte sie kaum geschlafen, dafür den ganzen Vormittag. Nun war sie munter, hatte aber noch Fieber und langweilte sich. Den Fernseher hatte sie nach einer halben Stunde ausgestellt und auch zum Lesen keine Lust.

Lena saß am geöffneten Fenster. Mit einem Auge hatte sie Alex unten im Blick, mit dem anderen Emily. Die saß auf dem Bett, die Decke über die Beine gelegt.

Lena interessierte sich für jedes Detail der Ereignisse um Vera.

„Oh man", sagte sie. „Das ist echt spannend."

„Findest du? Ich find es einfach nur merkwürdig."

Lena sagte, sie habe mal einen Film gesehen, in dem eine Frau sich ganz ähnlich verhalten habe. Sie wusste aber nicht mehr, auf was die Sache hinausgelaufen war. Gerade das hätte Emily allerdings am meisten interessiert.

„Aber der Film war spannend", erklärte sie ein bisschen kleinlaut. „Pupsi!", rief sie hinunter. „Pass auf. Sonst haust du dir die Schaukel noch selbst an die Birne." Sie winkte hinunter und lächelte. „Und heute hat sie sich noch nicht wieder gemeldet?", fragte sie.

Emily schüttelte den Kopf. „Vielleicht war es das jetzt mit ihr."

„Glaub ich nicht", meinte Lena. „Schließlich will sie was von deinem Vater. Das ist ja nicht einfach so vorbei."

Emily beschäftigte mehr die Frage, was sie *von ihr* wollte.

„Es ist ihr sehnlichster Wunsch", sagte Lena, „mit deinem Vater Kinder zu haben. Du bist sein Kind. Da braucht man nur noch eins und eins zusammenzählen."

„Du meinst, sie will *meine Mutter* sein?"

Der Gedanke erschien Emily völlig absurd. Gleichzeitig hörte sie Veras Stimme, die immer wieder *kleiner Engel* zu ihr sagte. Genau wie ihr Vater es gelegentlich noch machte, aber selbst der eigentlich so gut wie gar nicht mehr. Ihr wurde etwas schwindlig, sie legte sich hin.

„Ich könnte es nicht besser auf den Punkt bringen“, erklärte Lena. „Wenn sie nämlich deine Mutter ist, was ist sie dann noch?“

„Die Frau meines Vaters?“

„Du bist gar nicht so dumm, wie du aussiehst.“

„Danke, sehr schmeichelhaft.“

Danach sagten sie beide lange nichts. Emily brauchte die Zeit, um an Lenas Worten zu kauen. Von draußen drang Vogelgezwitscher ins Zimmer. Ab und zu quietschte leise die Schaukel. Lena guckte versonnen hinaus. Plötzlich sagte sie, sie müssten mehr über Vera erfahren.

„Sonst stehen wir womöglich auf ewig vor einem Rätsel.“

„Wäre das wirklich so schlimm?“, fragte Emily.

„Keine Ahnung“, meinte Lena.

„Warum vergessen wir sie nicht einfach?“, schlug Emily vor.

„Weil das nicht so einfach geht.“

Die Entschlossenheit im Gesicht ihrer Freundin war Emily unheimlich. Sie versuchte, Lena zu bremsen: „Außerdem sind wir auf das angewiesen, was sie uns erzählt.“

„Was aber offenbar nicht immer stimmt“, sagte Lena. „Wir brauchen andere Quellen.“

Emily hatte keine Chance mehr, sie aufzuhalten. Das sah sie in ihrem Gesicht, hörte es an ihrer Stimme, alles war zu spät. Lena hatte Feuer gefangen.

„Hat sie nichts hiergelassen?“, fragte sie. „Bei ihrem Auszug?“

„Es war ja kein richtiger Auszug“ erklärte Emily. „Soviel ich weiß, hat sie das Notwendigste in eine Tasche gestopft und ist damit verschwunden. Das meiste müsste also noch im Haus sein."

„Na, siehst du." Ein Leuchten erfüllte Lenas Augen. „Wo hat sie ihr privates Zeug?"

„Im Schlafzimmer steht so eine antike Kommode", sagte Emily. „Vielleicht da drinnen."

„Dann gibt's nur eins." Mit einem Satz sprang Lena auf. „Nachgucken."

„Du kannst doch nicht im Schlafzimmer meines Vaters rumwühlen!"

Lena stemmte die Hände in die Hüften.

„Ich werfe einen Blick in *Veras* Kommode", meinte sie. „Vielleicht auch zwei. Durchwühle ich damit Pauls Schlafzimmer?"

„Ehrenwort?"

„Ehrenwort."

Sie verschwand, kam aber noch mal zurück.

„Kannst du dich vielleicht ans Fenster setzen", fragte sie. „Und einen Blick auf Pupsi werfen? – Bitte!"

Es dauerte eine glatte halbe Stunde, bis sie zurückkam. Mehr als einmal war Emily drauf und dran, ihr nachzugehen, wollte aber Alex nicht so lange unbeaufsichtigt lassen. Mittlerweile spielte er Höhle zwischen den Sträuchern des Gartens.

„Was hast du denn so lange gemacht?", fragte Emily, als Lena endlich in der Tür stand.

Unter ihrem linken Arm klemmte ein kleines Fotoalbum, triumphierend sah sie Emily an. Die fühlte sich schlapp und legte sich ins Bett. Lena bezog ihren alten Platz.

„Ist das alles?", fragte Emily.

„Sie hat jede Menge sexy Unterwäsche“, sagte Lena wie nebenbei. „Echt heiß.“

„Sonst nichts?“

„Sonst nichts.“

Langsam dämmerte es Emily. Auch wenn sie es nicht glauben konnte.

„Sag bloß, du hast …“

„Ich wollte schon immer mal sehen, wie ich in so was rüberkomme.“

Emily musste schlucken.

„Und? Warst du wenigstens zufrieden?“

„Ich beneide die Kerle, die mich mal kriegen.“

Lena lachte laut und unbeschwert. Verhalten kicherte Emily mit.

„Und? Was hast du da? Alte Fotos?“

„Genau.“ Begeistert kam Lena zu ihr, setzte sich auf die Bettkante. „Ich hab sie mir allerdings noch nicht angesehen. Ich wollte dich nicht so lange warten lassen.“

„Sehr witzig.“

Langsam wurde auch Emily neugierig und rückte näher an Lena heran. Das Album war mit einer dünnen Staubschicht überzogen, scheinbar hatte es nicht immer in dieser Kommode gelegen, und es roch muffig.

Lena legte es halb auf ihren eigenen, halb auf Emilys Schoß und schlug es mittendrin auf. Es enthielt ausschließlich Schwarz-Weiß-Fotos. Pro Seite gab es nur ein einziges Bild. Manchmal auch gar keins. Dort waren die Bilder herausgerissen worden, manchmal so wenig sorgfältig, dass ganze Bildfetzen zurückgeblieben waren.

„Lass uns vorne anfangen“, schlug Emily vor.

„Moment noch“, sagte Lena. Sie ging zum Fenster und überzeugte sich, dass bei Alex alles in Ordnung war. Dann kam sie zurück und sie begannen auf der ersten Seite.

Obwohl sie keine bestimmte Erwartung gehabt hatte, fand Emily das Album enttäuschend. Auf keinem einzigen Foto war jemand zu sehen, den sie kannte. Also auch Vera nicht. Lena blätterte sehr schnell. Sie schien genauso enttäuscht.

Alle Bilder waren von sehr schlechter fotografischer Qualität. Fast alle verwackelt oder verschwommen. Praktisch immer waren die fotografierten Personen viel zu weit entfernt. Bei großzügiger Auslegung gab es vielleicht zwei oder drei halbwegs gelungene Schnappschüsse.

„Pupsi könnte besser fotografieren“, meinte Lena.

„Genau das ist es“, sagte Emily. „Die Bilder sind von einem Kind gemacht. Deshalb sind sie so schlecht.“

Erneut ging Lena zum Fenster und warf einen fürsorglichen Blick auf Alex.

„Ich bewundere diesen Jungen“, meinte sie theatralisch. „Ich könnte mich niemals so lange allein beschäftigen.“

Beide betrachteten die letzten Fotos, aber wie auf allen anderen zuvor waren immer nur dieselben beiden Personen zu sehen. Ein Mann und eine Frau. Emily schätzte beide um die fünfzig, viel mehr ließ sich nicht über sie sagen.

Mit einem lauten Knall klappte Lena das Album zu, eine kleine Staubwolke flog auf. Sie lehnten sich zurück und starrten an die Decke, das Album lag weiter auf Lenas Beinen.

„Und jetzt?", fragte Emily resigniert. „Von einem Kind gemachte Fotos, auf denen man praktisch nichts erkennen kann. Was sollen wir damit anfangen?"

„Wer wohl die beiden Alten sind?" Lena klang grüblerisch, sie hatte es noch längst nicht aufgegeben.

„Da müsste man zuerst mal wissen", meinte Emily, „wer überhaupt die Fotos gemacht hat."

„Vera", sagte Lena bestimmt. „Wer sonst? Es passt auch, dass die Bilder ganz sicher schon ein paar Jahrzehnte auf dem Buckel haben."

„Dann könnten die beiden vielleicht ihre Großeltern sein."

„Vielleicht auch ihre Eltern", meinte Lena. „So genau kann man das nicht sagen. Manchmal kriegen Leute noch Kinder, wenn sie schon ziemlich alt sind."

Im Garten schaukelte Alex jetzt wieder. Das hörte man am leisen Quietschen, das durchs geöffnete Fenster drang. Langsam schien er ungeduldig zu werden, er rief etwas, das klang wie *Anschwung*. Eine Aufforderung, die klar an Lenas Adresse ging.

„Sofort, Pupsi!", rief sie zurück, ohne vom Bett aufzustehen. „Ich bin gleich bei dir!"

„Wir müssen die Bilder noch mal in Ruhe durchsehen", sagte sie dann zu Emily. „Vielleicht kann man noch mehr darauf erkennen. Zum Beispiel, wo sie gemacht sind."

„Und? Was haben wir davon?" Der Gedanke, diese öden Bilder noch intensiver zu betrachten, langweilte sie schon jetzt.

„Na, du bist gut!" Empört kam Lena mit dem Oberkörper hoch. „Wofür machen wir das denn hier alles?"

„Um etwas über Vera zu erfahren", leierte Emily die Antwort herunter. „Aber wofür müssen wir wissen, wo sie vor tausend Jahren ihre ersten misslungenen Fotos geschossen hat?"

Alex rief jetzt unten Lenas Namen. Dann wieder *Anschwung*.

„Ja-ha, ich komme!" Zu Emily, vorwurfsvoll: „Vielleicht, weil es ihr Zuhause war? Wenn wir wissen, wo sie aufgewachsen ist, sind wir einen echten Schritt weiter."

Das leuchtete ihr halbwegs ein. Tatsächlich schien es, dass fast alle Bilder am selben Ort aufgenommen worden waren, etwas wie ein großer Garten mit vielen Bäumen. Alex' Rufen wurde lauter, die Abstände deutlich kürzer.

„Nichts mehr zu machen", meinte Lena. „Gleich schreit er uns die ganze Nachbarschaft zusammen. Seine Geduld ist erschöpft."

Sie stand auf und richtete ihr verrutschtes T-Shirt.

„Kann ich die Fotos mit nach Hause nehmen?"

„Unmöglich", sagte Emily. „Sie müssen zurück in die Kommode. Vera kann jederzeit zurückkommen."

„Auch gut", meinte Lena. „Wir können sie uns ja jederzeit holen. Dann leg ich sie mal wieder zurück."

„Aber beeil dich", sagte Emily. „Sonst kommt Alex heute gar nicht mehr zu seinem Anschwung."

„Ciao, Bella", sagte Lena. „Ich komm morgen wieder. Wenn du was von Vera hörst, ruf mich an."

„Mach ich."

Emily war müde und freute sich drauf, endlich schlafen zu können.

„Apropos Bella." Lena hatte die Tür schon geöffnet. „Ich soll dich ganz doll von Hendrik Marxfeld grüßen. Er wünscht sich, dass du schnell wieder gesund wirst."

„Hat er das echt so gesagt?" Emily wurde noch mal munter.

„Vielleicht nicht gerade wörtlich, aber so ähnlich."

„Ach so."

Lena ging und Emily legte sich auf die Seite. Es war angenehm, so schwerelos in den Schlaf hinüberzugleiten.

Als Lena wieder ins Zimmer gestürmt kam, waren erst ein paar Minuten vergangen. Emily hatte ihre Freundin so noch nie gesehen, sie war völlig durch den Wind. Es gab keine Frage: Irgendetwas war passiert! Lenas Gesicht war kreideweiß.

„Alex ist weg", sagte sie. Ihre Stimme war seltsam leise.

„Wie *weg?*" Ganz kurz glaubte Emily, in einem finsteren Traum gelandet zu sein.

„Na weg! Nicht mehr zu sehen! Verschwunden! Ich hab keine Ahnung!" Dann wurde ihre Stimme noch leiser: „Er ist nicht mehr da, verstehst du? Einfach nicht mehr da."

Emily sprang aus dem Bett, streifte in Windeseile Jeans und Pulli über. Jedes Gefühl von Schwäche und Müdigkeit bei ihr war verschwunden. Lena und sie rannten die Treppe hinunter. Schon unterwegs fingen sie damit an, Alex' Namen zu rufen. Draußen rannten sie beide ein paarmal ums Haus. Keine Spur von Alex. Fast war es, als sei er nie in diesem Garten gewesen.

Emilys Gefühl in diesen Augenblicken war ein brodelndes Gemisch aus Ungläubigkeit, panischem

Schrecken, totaler Hilflosigkeit und Todesangst. Sie rannten die Straße auf und ab, immer wieder riefen sie seinen Namen. Atemlos befragten sie Passanten. Niemand hatte ihn gesehen. Manche gingen gleichgültig weiter. Andere suchten mit ihnen. Aber all das half nichts. Alex war und blieb verschwunden.

Es dauerte Ewigkeiten, bis sie das begriffen hatten. Dann blieben sie ganz plötzlich mitten auf der Straße stehen. Vollkommen fassungslos starrten sie sich an. Es war, als ob beide in einen Spiegel schauten. Lena sah genauso aus, wie Emily sich fühlte.

10

Kris musste mit einem Nervenzusammenbruch ins Krankenhaus gebracht werden. Emilys Vater brach seine Arbeit ab und kam, als seine Tochter ihn anrief, sofort nach Hause. Ihre Grippe war vollständig verschwunden. Bis dahin hatte sie nicht gewusst, dass man vor Schreck gesund werden konnte.

Auch der Polizei fiel zu Alex' Verschwinden nicht wirklich etwas ein. Sie stellten das Haus bis in den kleinsten Winkel auf den Kopf, was ziemlich sinnlos erschien. Sie begründeten es damit, dass es angeblich immer wieder vorkam, dass kleine Kinder sich stundenlang irgendwo versteckten, um schließlich triumphierend wieder aufzutauchen. Sie kannten Alex nicht.

Weiträumig suchten sie die Umgebung ab. Dafür setzten sie sogar einen Hubschrauber ein. Außerdem klingelten sie an jeder Haustür im Umkreis und zeigten ein Foto von Alex herum. Ohne jeden Erfolg. Es waren die Dinge, die sie tun mussten, natürlich. Aber irgendwie kam es Emily vor, als würden selbst sie nicht wirklich an den Sinn ihrer Aktionen glauben.

„Im Prinzip können wir nur abwarten", sagte ihr Vater. Nach dem allerersten Schock hatte sich selbst bei ihm eine gewisse Resignation breitgemacht. Sie saßen im Wohnzimmer, es war zehn Uhr abends. Lena rief im

Krankenhaus an, ihre Mutter schlief, wahrscheinlich vollgepumpt mit Beruhigungsmitteln.

Emily war nicht klar, wer den Gedanken zuerst dachte, aber Lena war die erste, die ihn aussprach: „Und was ist, wenn Vera hinter der ganzen Sache steckt?"

„Unsinn!", rief Emilys Vater. „Wie kommst du denn auf so was?"

Nervös sprang er vom Sofa auf und stapfte durchs Zimmer, die Hände tief in den Taschen vergraben. Emily dachte, dass er vielleicht so heftig reagierte, weil er sich dasselbe auch schon gefragt hatte. In ihrem Kopf jedenfalls bohrte die gleiche Frage schon seit einiger Zeit. Nur dass sie beim Versuch, sie zu beantworten, nicht wirklich weiterkam. Lena ging es offenbar nicht anders.

„Andersherum", sagte sie, „was sollte sie für ein Interesse daran haben, meinen Bruder zu entführen?"

„Sie hat ihn höchstens zwei-, dreimal gesehen", ergänzte Emily. „Sie fand ihn toll. Aber ist das neuerdings schon ein Grund für eine Entführung?"

„Kaum", sagte Lena. Schwer atmete sie ein und aus. Auch sie kam mit ihren Gedanken nicht von der Stelle.

Dann plötzlich sagte Emilys Vater den Satz, der alles auf einen Schlag veränderte. Er war blass und hatte Ringe unter den Augen und er konnte die anderen nicht richtig anschauen. Seine Anspannung spürte Emily fast körperlich. Bevor er anfing, setzte er sich.

„Alex ist nicht nur *dein* Halbbruder", sagte er zu Lena, „sondern auch deiner, Emily."

Sie brauchte eine Ewigkeit, bis sie seine Worte halbwegs begriffen hatte. Als es dann soweit war, konnte sie es trotzdem nicht glauben.

„Du bist …“

Er nickte stumm.

Schneller als Emily gelang es Lena, wieder soweit umzuschalten, dass sie wenigstens reden konnte.

„Aber davon weiß Vera doch nichts“, sagte sie.

Emily war sprachlos. Erst die offensichtliche und fast greifbare Verzweiflung ihres Vaters überzeugte sie, dass sie nicht träumte.

„Oder etwa doch?“

„Ich hab es ihr erzählt“, sagte er. „In der Nacht, in der sie gegangen ist.“

Plötzlich schien es, als verschwände mit diesen Worten alle Energie aus ihm. Kraftlos sackte er in seinem Sessel zusammen, berappelte sich aber schnell wieder.

„Trotzdem“, sagte er, „kann dein Verdacht nicht stimmen, Lena. Es macht keinen Sinn, dass sie Alex entführt, weil er mein Sohn ist.“

Emily hatte ihn schon mal überzeugender gefunden.

„Macht es vielleicht einen Sinn“, fragte sie, „dass sie dir eine ganz andere Version ihrer Kindheit auftischt als mir?“

Die Frage blieb im Raum hängen, ohne dass jemand eine Antwort einfiel.

„Ich rufe jetzt die Polizei an“, erklärte ihr Vater schließlich und ging zum Telefon. „Das bedeutet nicht, dass ich Vera verdächtige.“ Er tippte eine Nummer und sah die beiden eindringlich an. „Aber wenn sie gefunden wird, dann sehen wir alle, dass sie nichts mit dem Verschwinden von Alex zu tun hat.“

Er ließ den Ruf rausgehen. Emily sah ihm deutlich an, wie schwer ihm das fiel.

„Ich kann nicht einfach nur abwarten“, sagte Lena, „ob die Polizei ihn findet. Ich muss selbst irgendwas tun. Sonst dreh ich komplett durch.“

Sie übernachtete bei Emily. Seit Stunden saßen sie in deren Zimmer. An Schlafen war nicht zu denken.

„Aber wir haben doch schon ...“, warf Emily zaghaft ein. Urplötzlich spürte sie eine totale Erschöpfung. Die letzten Stunden hatten sie genutzt, fünfhundert Suchmeldungen zu drucken. Sie hatten ein Foto von Alex gescannt und mit einem Text versehen. Über dem Bild stand in dicken, fetten Buchstaben:

DAS IST ALEX

Unter dem Bild:

Er ist zwei Jahre alt. Wir vermissen ihn seit dem 19. April. Wer hat ihn gesehen? Bitte, bitte unbedingt melden!

Dann kamen ihre beiden Telefonnummern.

Am nächsten Tag wollten sie die Suchanzeige an Bäume und Mauern heften und an Passanten verteilen. Nur mit Mühe hatte Emily ihre Freundin davon abhalten können, sofort loszuziehen.

„In der Dunkelheit bringt es nichts“, hatte sie gesagt und Lena damit halbwegs überzeugt.

Wahrscheinlich ging das nur, weil sie selbst nicht wirklich an diese Aktion glaubte. Vielmehr dachte sie die ganze Zeit an Vera. Emily ging es nicht anders. Dass sie sich den ganzen Tag über nicht gemeldet hatte, erschien ihnen beiden merkwürdig.

„Dass ich da nicht eher drauf gekommen bin!“, rief Lena plötzlich. Sie sprang hoch und tippte sich an die Stirn. Sie ging zum PC und schaltete ihn ein. Fragend sah Emily sie an.

„Wofür schließlich gibt es Suchmaschinen?“, sagte sie. Ganz kurz war da ein hoffnungsvolles Leuchten in ihren Augen.

Emily hatte keine Ahnung, auf was sie hinauswollte. Sie suchten Alex! Und den würden sie kaum in einer Suchmaschine finden.

„Vera“, sprach sie leise vor sich hin. „Vera Fortmann.“

„Glaubst du denn wirklich, dass du da was über sie erfährst?“ Emily war skeptisch.

„Keine Ahnung.“ Voller Ungeduld starrte Lena auf den Monitor, auf dem sich viel zu langsam der Desktop aufbaute. Nervös tippte sie immer wieder auf die Maus, ohne dass etwas geschah.

„Aber wir haben keine andere Spur“, sagte sie. „Schau du dir doch in der Zwischenzeit das Fotoalbum noch mal an. Vielleicht haben wir irgendwas übersehen. Irgendeine Kleinigkeit. Hast du nicht eine Lupe oder so was?“

Eher unmotiviert zog Emily erneut das Fotoalbum unterm Bett hervor und kramte dann in ihrer Schreibtischschublade herum. Tatsächlich fand sie eine Lupe, setzte sich mit beidem wieder aufs Bett.

Lena war mittlerweile bei einer der großen Suchmaschinen angelangt. Sie tippte Veras Namen ein. Die Suchergebnisse gingen über mehrere Seiten, aber das bedeutete natürlich noch gar nichts, viele Links betrafen auch nur Personen, die Vera mit Vor- oder Fortmann mit Nachnamen hießen. Hier musste man erst aussortieren.

Emily sah nicht viel Sinn darin, noch einmal diese nichtssagenden Fotos anzuschauen. Mittlerweile aber war sie in einem Zustand, in dem sie nur noch funktionierte. Wie ein Roboter machte sie einfach das, was Lena von ihr verlangte. Trotz aller Müdigkeit war da auch in Emily ein Restgefühl, dass es besser war, irgendetwas zu tun als gar nichts.

„Warum eigentlich sollte sie Alex entführt haben? Das macht doch überhaupt keinen Sinn."

Emily erwartete keine Antwort auf diese inzwischen so oft gestellte Frage. Nicht mal von sich selbst. Ihr war kaum bewusst, dass sie die Worte überhaupt ausgesprochen hatte. Umso mehr wunderte sie sich, dass Lena sie doch beantwortete.

„Natürlich macht es einen Sinn. Wenn auch einen reichlich verschrobenen." Lena nahm ihre Augen keine Sekunde vom Monitor. „Sie will eine Verbindung zu deinem Vater aufrechterhalten. Alex ist diese Verbindung. Sie weiß, dass er sein Sohn ist."

„Warum kommt sie dann nicht einfach zurück? Mein Vater würde sie mit offenen Armen empfangen."

„Was sie aber nicht weiß. Wenn ich mich richtig erinnere, geht sie davon aus, dass er sie nicht mehr liebt."

„Aber das ist doch verrückt", sagte Emily. „Komplett durchgeknallt. Er schreit nicht *Hurra*, wenn sie nach ein paar Wochen ein Kind von ihm will. Das ist alles. Das heißt doch nicht, das er sie nicht liebt."

„Ich glaube nicht, dass das wirklich alles ist."

Klarer konnte ein Satz kaum sein, aber Emily verstand ihn nicht. Während ihr Körper noch wach zu sein schien, schlief ihr Gehirn schon halb. Lena klickte einen Link an und auf dem Monitor öffnete sich eine andere Seite. Lenas Konzentration darauf schien ungebrochen. Trotzdem redete sie weiter:

„Er will *tatsächlich* kein Kind mehr. Nie wieder. Mit keiner anderen, aber eben auch nicht mit ihr. Ich denke, das hat er ihr klargemacht. Unmissverständlich. Deshalb geht sie davon aus, dass er seinen festen Willen mehr liebt als sie." Lena klickte zurück auf die Suchmaschine und ging dann auf die nächste Website.

„Aber in einem hast du absolut recht", sagte sie schließlich und sah Emily an. Ihre Hand gab die Computermaus nicht preis. „Wenn das alles stimmt, ist sie wirklich verrückt."

Noch nie hatte Emily sie so tiefernst und voller Sorge erlebt. Sie wirkte plötzlich mindestens fünf Jahre älter. Für eine halbe Sekunde wandte sie sich wieder dem Monitor zu, bevor sie erneut Emily anvisierte. Die erschrak, als sie die Furcht in Lenas Augen sah.

„Ich hoffe so", sagte sie, „dass ich mich täusche. Denn wenn ich richtig liege, dann *ist sie* total durchgeknallt. Und Alex wäre ihr ausgeliefert."

Irgendetwas in Emily weigerte sich, diesen Gedanken zu Ende zu denken. Von einer Sekunde auf die andere vergaß Lena alle Suchmaschinen dieser Welt. Entsetzt über das Ergebnis ihrer eigenen Gedanken starrte sie vor sich hin.

„Weißt du", fragte sie schließlich, „was mich absolut wahnsinnig macht?" Ihre Stimme klang monoton wie eine Automatenstimme. Sie wartete Emilys Antwort nicht ab. „Dass ich nicht wirklich weiß, was los ist."

Sie stand auf und setzte sich zu Emily aufs Bett. Plötzlich schrie sie: „Wo, verdammt, ist er? Und bei wem?!" Voller Verzweiflung sah sie Emily an, legte den Kopf auf ihre Schulter und begann zu weinen. Auf einmal fühlte Emily gar nichts mehr.

Die Antwort auf ihre Frage kam um 6:43 Uhr. Daran erinnerte Emily sich später genau, weil ihr erster Blick auf den Digitalwecker fiel. Daneben brannte die Nachttischlampe. Sie hatte etwas Wirres geträumt. Auf dem PC-Monitor bewegte sich langsam der Bildschirmschoner. Draußen dämmerte es, ein sonniger Tag kündigte sich an.

Als Emily ihren Vater in der Tür stehen sah, erinnerte sie sich schlagartig an alles, was geschehen war. Er sah aus wie ein Gespenst, sein Gesicht war weiß und leer. Die Arme baumelten hilflos an seinem Körper herunter, in der rechten Hand hielt er das Telefon.

Lena, die neben ihr auf dem Bett lag, öffnete die Augen. Sofort erfasste sie die Situation. In panischer Erwartung starrte sie Paul an, der endlich aus seiner Lähmung erwachte. Seine Lippen öffneten sich und es schien, als ob die Worte aus seinem Mund herausfielen wie kleine Kieselsteine.

„Sie hat angerufen", sagte er. „Alex geht es gut."

Lena sprang auf und ging auf ihn zu, keine Spur mehr von Müdigkeit oder Schlaf. Emily berappelte sich erst langsam.

„Er ist also bei ihr?" Lena schrie ihn fast an.

„Ja", sagte er leise. „Er ist bei ihr."

Er nahm Lena in den Arm.

„Wo sind sie?"

„Das weiß ich nicht", sagte er. „Natürlich habe ich sie gefragt, aber sie hat mir keine Antwort gegeben."

„Was will sie?"

„Keine Ahnung. Sie hat ziemlich wirres Zeug geredet."

Lena befreite sich aus seiner Umarmung.

„Aber sie muss doch irgendwas *gesagt* haben!"

„Es ist schwer zu erklären", meinte er. „Irgendwie hat sie sich so benommen, als wenn das alles völlig normal wäre."

„Völlig normal?!", rief sie. „Was soll das denn heißen, verdammt?"

Lena verlor langsam jede Form von Beherrschung. Sie benahm sich, als sei es Emilys Vater, der ihren kleinen Bruder entführt hatte. Ihm schien das nichts auszumachen, vielleicht fühlte er sich tatsächlich schuldig. Er ließ sich auf den Schreibtischstuhl fallen.

Emily saß jetzt auf der Bettkante. Lena stand mitten im Zimmer, voller Ungeduld wartete sie auf Pauls Erklärung. Ihre Blicke klebten förmlich an seinen Lippen, während er noch immer nach den richtigen Worten suchte.

„Sie tat fast so", sagte er schließlich, „als sei sie mit Alex irgendwohin in Urlaub gefahren. Als rufe sie nur an, um die gute Ankunft zu melden."

Er stockte noch einmal, bevor er den nächsten Satz sagte: „Sie schien ausgezeichneter Laune, sie wirkte richtig fröhlich."

Er schaute beide an, als könne er seine eigenen Worte nicht begreifen. Lena sackte neben Emily aufs Bett.

11

Die Polizei stellte fest, dass es Vera Fortmann nicht gab. Zwar existierten einige Frauen mit diesem Namen, aber keine von ihnen war identisch mit der Vera, die sie kannten. Manche hießen auch nur ähnlich, wurden etwas anders geschrieben wie zum Beispiel Fohrtmann oder Pfortmann und eine, die in Christchurch, Neu Seeland lebte, war deutlich jünger. Die Frau jedoch, in deren Gewalt sich Alex seit nunmehr zwei Tagen befand, war nicht auffindbar, zumindest nicht auf diesem Wege. Alex, der nicht nur Lenas Halbbruder war, sondern – wie sich inzwischen herausgestellt hatte – auch der von Emily.

Dass sie Vera nur unter einem offenbar falschen Namen kannten, machte die Sache natürlich nicht einfacher. Die Polizei kam in ihrer Ermittlungsarbeit ebenso wenig von der Stelle wie Emily und Lena in ihrer ganz privaten.

Kommissarin Lohmüller, eine füllige Frau um die fünfzig, war die Leiterin des Sondereinsatzkommandos. Sie hatte eine sehr angenehme Ausstrahlung, fast schon zu angenehm, wie Emily fand. Sie fragte sich, woher ausgerechnet diese Frau für einen solchen Fall die nötige Durchschlagskraft und Aggressivität nehmen wollte.

Während die Polizei vor allem das Telefon über-
wachte und die Presse, sowie Fernsehen und Rundfunk
eingeschaltet hatte, verteilten sie die Suchmeldungen
mit Alex' Foto in der ganzen Stadt. Emily und Lena waren nicht gewillt, Alex' Schicksal allein in die Hände
von Frau Lohmüller und ihren Leuten zu geben. Mit-
schüler, Nachbarn und Freunde halfen ihnen dabei, so
auch Hendrik Marxfeld.

Sie druckten oft nach, den Erfolg erhöhte das nicht.
Zwar meldeten sich ein paar Leute bei ihnen, aber immer stellte sich sehr schnell heraus, dass es nicht Alex
gewesen war, den sie gesehen hatten.

Auch die Aktion mit den Suchmaschinen war sinnlos
geworden, seit sie wussten, dass Vera Fortmann nicht
ihr wirklicher Name war. Daher hatte Lena sie schweren Herzens abgebrochen. Wieder eine Hoffnung weniger, etwas über die Entführerin von Alex in Erfahrung
zu bringen. Etwas anderes als solche Strohhalme, an
die sie sich klammern konnten, gab es nicht. Die Polizei
arbeitete mit Gesichtserkennung, auch das erfolglos.
Die Frau hatte weder Internetpräsenz noch Vorstrafen.

Immer wieder schauten sie sich die Bilder in Veras
Fotoalbum an. Diese aber blieben genauso nichtssa-
gend wie zuvor. Daran änderte auch die viel bessere
Lupe nichts, die sie sich inzwischen zugelegt hatten
und mit der sie die Aufnahmen wieder und wieder un-
tersuchten.

Offenbar lag der Garten, in dem die Bilder gemacht
worden waren, an einem See oder Fluss. Ab und zu sah
man im Hintergrund etwas, das wahrscheinlich Wasser war. Aber natürlich konnte dieses Wasser praktisch

überall auf der Welt sein, die Entdeckung war keine Spur. Auch wenn sie das zunächst gehofft hatten.

Kris ging es kaum besser als am ersten Tag. Noch immer lag sie im Krankenhaus und war fast nicht ansprechbar. Lena wohnte in dieser Zeit bei Emily und Paul. Der versuchte, sowas wie Normalität aufrechtzuerhalten. Er arbeitete weiter im Verlag, vielleicht auch, um sich abzulenken. Lena und Emily hatten diese Chance nicht, es waren Ferien. Die Zeit wälzte sich zäh und träge dahin wie Blei. Seit ihrem letzten Anruf hatte Vera sich nicht wieder im Haus oder über eines der Handys gemeldet.

Dafür hatte sie am Vortag im Büro von Emilys Vater angerufen. Die Polizei hatte es bis dahin versäumt, auch diesen Anschluss zu überwachen, für dieses Mal war es zu spät. Eine große Chance, sie vielleicht zu finden, war einfach verpufft.

„Und? Was hat sie gesagt?" Lena hatte mit der gleichen Hartnäckigkeit nachgebohrt wie in jener ersten Nacht.

„Etwas, das ich nicht verstehe", hatte Emilys Vater geantwortet.

„Was denn?"

„Sie hat mir erklärt, dass sie alles vorbereitet."

„Vorbereitet *wofür*?" Emily hatte Lenas Ungeduld verstanden. Ihr Vater war sonst nicht der Typ, dem man jedes Wort einzeln aus der Nase ziehen musste. Dass er es jetzt plötzlich geworden war, irritierte auch sie.

„Genau das ist es, was ich nicht verstehe", hatte er erklärt. „Sie sagte, sie bereite alles vor für uns. Für unsere Familie."

„Was für eine Familie denn?“ Die Worte sprudelten unaufhaltsam aus Emilys Mund. „Was ist das für ein Schwachsinn? Von wem hat sie gesprochen?“

„Von sich selbst, von mir, von Alex und von dir, Emily. Ich hab keine Ahnung, was mit ihr los ist. Ich konnte einfach nicht mit ihr reden.“

„Soll das vielleicht heißen, dass auch wir dahin kommen sollen, wo sie und Alex schon sind?“

„Man könnte es so verstehen.“

„Hat sie gesagt, wo sie sind? Irgendeine Andeutung vielleicht?“

„Nein, gar nichts.“

„Wie geht es Alex?“, hatte Lena verzweifelt gefragt. „War er bei ihr? Was hat sie mit ihm gemacht?“

„Es scheint ihm gut zu gehen. Ich habe ihn im Hintergrund gehört. Ich glaube nicht, dass sie ihm etwas tun will.“

Dann hatte er geschwiegen, und die Sorgenfalten auf seiner Stirn hatten sich vermehrt.

„Andererseits“, hatte er schließlich gesagt, „scheinen ihre Gedanken völlig verdreht. Es ist schwer zu begreifen, wovon sie überhaupt redet. Wer soll da schon wissen, was sie im nächsten Moment tatsächlich tun wird?“

Bevor sie bei ihnen eingezogen war, hatte Vera in einem kleinen Appartement in Oldenburg, einer nahegelegenen Stadt, gewohnt. Lena und Emily fuhren mit dem Zug dorthin. In dem Haus gab es weit mehr als hundert Wohnungen, sie klingelten an den Türen, fragten nach und verteilten ihre Suchzettel. War keiner zu Hause, steckten sie die Zettel in die Briefkästen.

Niemand hatte Alex gesehen. Bis auf die unmittelbaren Nachbarn konnte sich nicht mal jemand an Vera erinnern, aber auch die kannten sie nicht wirklich.

„Wenn wir uns auf dem Flur begegnet sind“, sagte ein Mann aus der direkten Nebenwohnung, „haben wir uns gegrüßt. Mehr nicht. Leider.“

„Leider?“, fragte Lena.

Er war ungefähr dreißig und gutaussehend. Er hatte etwas längere Haare und einen Dreitagebart. Er erinnerte Emily an irgendeinen amerikanischen Schauspieler. Auf dem Klingelschild stand sein Name: *Björn Haustein.*

„Ein paarmal hab ich versucht, mit ihr ins Gespräch zu kommen“, sagte er. „Sie sah toll aus. Aber sie war absolut unnahbar. Mehr als zwei Sätze hat sie nie mit mir gewechselt. Und selbst das war schon viel.“

„Wie lange hat sie hier gewohnt?“, fragte Emily.

„Als ich vor vier Monaten einzog“, sagte Björn Haustein, „war sie schon da. Mehr weiß ich auch nicht.“

„Hat sie oft Besuch gehabt?“

„Eigentlich nie. Nur kurz vor ihrem Auszug ab und zu.“

Der Mann, den er nun beschrieb, war zweifellos Emilys Vater. Wieder einmal schien es, dass sie nicht wirklich von der Stelle kamen.

„Ja dann.“ Lenas Enttäuschung war nicht zu überhören. „Danke, dass Sie Zeit für uns hatten. Rufen Sie uns an, wenn Ihnen vielleicht doch noch etwas einfällt? Die Nummer steht auf dem Zettel.“

„Ich wüsste nicht, was das sein sollte.“ Er zündete sich eine Zigarette an und betrachtete die beiden mit lasziven Blicken. „Was hat Vera Fortmann überhaupt mit dem Verschwinden eures Bruders zu tun?“

„Wir wissen, dass er bei ihr ist“, sagte Emily vorsichtig.

„Aber ihr wisst nicht, wo sie ist?“

Emily nickte.

„Genau“, sagte Lena leise. „Also dann.“

Sie machten auf dem Absatz kehrt und gingen. Emily fiel auf, dass sie nicht hörte, wie er die Tür zumachte und drehte sich um. Noch immer stand er an den Türpfosten gelehnt da. Seine Blicke jetzt nachdenklich, zog er an seiner Zigarette. Für ein paar Momente war Björn Haustein ihr unheimlich, und sie blieb stehen.

„Ist noch irgendwas?“, fragte sie.

„Ein einziges Mal hab ich mich etwas länger mit ihr unterhalten“, sagte er. Beim Reden stieß er nach und nach den inhalierten Zigarettenqualm wieder aus. Emily fielen seine sehr vollen Lippen auf, und sie dachte, dass man von einem schönen Mann sprechen konnte.

Sie gingen zurück, Lena einen Schritt schneller als Emily.

„Und?“

Björn Haustein sah aus, als versuche er angestrengt, sich zu erinnern.

„Also, wirklich lange war das auch nicht. Aber es war das einzige Mal, dass sie etwas über sich erzählte.“

Emily sah Lena an, dass sie ihn am liebsten geschüttelt hätte, damit er schneller mit der Sprache rausrückte. Aber Haustein brauchte noch ein bisschen.

„*Was* hat sie erzählt?“, bohrte Lena. „Wann war das?“

Die Antwort auf die zweite Frage fiel ihm leichter: „Das war gleich nach ihrem Einzug. Ich habe ihr geholfen, ein paar Lampen zu installieren. Damals war ich mir sicher, das mit uns beiden was laufen wird. Aber wie gesagt, da ist leider nie was draus geworden.“

„Sie wiederholen sich“, meinte Lena ungeduldig. Emily fragte sich, ob es gut war, ihn in dieser Phase des Gesprächs vor den Kopf zu stoßen, aber es schien ihn nicht zu stören.

„Als kleines Dankeschön lud sie mich auf einen Kaffee ein.“ Er lächelte etwas, es war ein sympathisches Lächeln. „Aber schon nach der ersten Tasse sagte sie, sie habe nun leider keine Zeit mehr.“ Veras Typ war er offenbar nicht. Wahrscheinlich, so Emilys Gedanken, war er niemand, bei dem sie ans Familiegründen dachte.

„*Was hat sie erzählt?*“ Lena war gnadenlos und ausschließlich an Fakten interessiert.

„Wirklich erzählt“, machte Björn Haustein einen Rückzieher, „hat sie eigentlich gar nichts. Ein paar Sachen hat sie erwähnt. Das ist alles.“

Die Asche an seiner Zigarette war zu lang geworden und fiel auf den Boden. Er schien es nicht zu bemerken und nahm einen neuen Zug.

„Sie meinte, dass sie nicht mehr lange hier wohnen würde.“

Enttäuscht sahen Lena und Emily sich an.

„Na dann“, meinte Lena. „Vielen Dank für Ihre Mühe.“

Erneut wandten sie sich zum Gehen.

„Sie hat irgendwas von einem See gesagt“, rief Björn Haustein ihnen hinterher. „Dorthin wollte sie ziehen.“

Sie hielten inne, drehten sich um.

„Aber das wisst ihr sicher“, meinte er. „An diesem See ist sie ja wohl in ihrer Kindheit ziemlich oft gewesen.“

„Und dorthin wollte sie zurück?“

„Genau“, sagte er. „Mich hat das noch gewundert, weil sie keine angenehmen Erinnerungen daran zu haben schien. Das fand ich komisch. Ich stelle es mir toll vor, als Kind an einem See zu leben.“

„Welcher See war das noch mal?“ Lena tat, als sei ihr nur der Name entfallen.

„Das hat sie nicht erwähnt“, sagte Haustein. „Ich hab zwar noch nachgefragt, aber an genau diesem Punkt hat sie das Gespräch ganz plötzlich abgebrochen.“

„Mehr war da nicht?“ Lenas Enttäuschung war nicht zu überhören.

„Nein“, sagte er. „Tut mir leid. Mehr war da nicht.“

Er dachte ein paar Sekunden nach.

„Seltsam war, wie plötzlich sie das Gespräch abbrach. Ohne jeden äußeren Grund. Fast schien es, so komisch das klingt, als habe sie sich plötzlich vor irgendetwas erschrocken.“

Die Zigarette in seiner Hand war bis auf den Filter heruntergebrannt. Es stank leicht verschmort.

„Erschrocken?“, fragte Emily. „Wovor?“

„Keine Ahnung.“

Seine Zigarette erlosch. Er wusste nicht, wohin er mit dem angekokelten Filter sollte und hielt ihn weiter in der Hand. „Vielleicht davor, dass sie überhaupt mit diesem Thema angefangen hatte. So kam es mir jedenfalls vor. Es war wirklich eine merkwürdige Situation.“

Völlig in Gedanken versunken wollte er noch einmal an seiner Zigarette ziehen. Erst dann schien ihm einzufallen, dass er gar keine mehr hatte.

Sie verabschiedeten sich und gingen.

Als sie das Haus verließen, hatte Emily zum ersten Mal das Gefühl, dass ein paar Dinge, auf die sie bei ihrer Suche gestoßen waren, plötzlich zueinander passten.

Zwei Stunden später saßen sie in Emilys Zimmer, versuchten zusammenzutragen, was sie bisher wussten und stellten fest, dass das nicht sehr viel war. Als sie sich gerade fragten, was sie mit den neuen Informationen von Björn Haustein anfangen konnten, klingelte es an der Tür.

Seit Alex verschwunden war, löste jedes Klingeln bei beiden Herzrasen aus. Egal, ob Telefon oder Haustür. Entsprechend blickten sie sich auch diesmal an.

Dann sprang Emily auf und raste die Treppe hinunter, als ginge es dabei um ihr Leben. Jedes Klingeln konnte praktisch alles bedeuten. Alex konnte wieder frei sein oder ... Diesen Gedanken dachten sie beide lieber nicht zu Ende.

Unten angekommen, wummerte ihr Herz im Hals. Bevor sie die Tür öffnete, zögerte sie einen winzigen Augenblick. Draußen stand Hendrik Marxfeld. Emily war enttäuscht. Und sie freute sich. Sie war erleichtert, gleichzeitig wuchs ihre Anspannung, Hendrik lächelte etwas verkrampft.

„Wollte mal hören, wie es aussieht", sagte er leise.

„Komm rein", sagte Emily. Auch sie versuchte ein Lächeln. „Lena und ich unterhalten uns gerade genau *darüber.*"

„Was ist mit der Polizei?" Hendrik saß auf dem einzigen Sessel in Emilys Zimmer. Er hatte seine Jeansjacke nicht ausgezogen.

„Die haben noch nicht mal rausgefunden, wie Vera wirklich heißt." Lenas Verachtung war kaum zu überhören.

„Und was wisst *ihr*?"

„Auch nicht viel", sagte Lena. „Nur, dass wahrscheinlich irgendwas Seltsames passiert ist in ihrer Kindheit."

Es war das erste Mal, dass eine von ihnen es so ausdrückte. Emily war sofort sicher, dass es stimmte. Die widersprüchlichen Versionen ihrer Kindheit, von denen sie ihr und ihrem Vater erzählt hatte. Ihr auffälliges Verhalten, als sie, laut dessen Aussage, mit Björn Haustein auf dieses Thema gekommen war. Er hatte sogar von einem unverständlichen Erschrecken gesprochen. Das alles sprach dafür, dass da etwas nicht stimmte.

„Außerdem", ergänzte Emily, „haben wir herausgefunden, dass sie als Kind wohl ziemlich oft an einem bestimmten See war." Sofort fragte sie sich selbst, ob das tatsächlich von Bedeutung war.

„Zumindest scheint jetzt sicher", sagte Lena in ihre Richtung, „dass die älteren Leute auf den Fotos ihre Eltern sind."

„Oder ihre Pflegeeltern", meinte Emily. „Je nachdem, welche Variation ihrer Geschichte stimmt."

Ratlos blickte Hendrik von Lena zu Emily, dann wieder zu Lena, konnte natürlich kein Wort verstehen.

„Welche Fotos?", fragte er.

Lena reichte ihm das Album, er schlug es auf.

„Tut mir leid", meinte er nach der dritten Seite. „Aber ich erkenn praktisch nichts. Die sind ja alle total verwackelt."

Emily reichte ihm die Lupe.

„Mit der Zeit“, sagte sie, „erkennt man ein bisschen mehr.“

„Wenn auch nicht wirklich viel.“ Lena atmete schwer. „Eigentlich bringt das alles nichts.“

Unvermittelt begann sie zu weinen. Emily ging zu ihr und nahm sie in den Arm. Hendrik blätterte aus lauter Verlegenheit weiter in dem Album.

„Warum ruft sie nicht mehr an?“, sagte Lena unter Tränen. „Irgendwas muss passiert sein. Vielleicht lebt er schon nicht mehr.“

„Unsinn“, meinte Emily. „Natürlich lebt er noch. Jemandem wie Alex passiert nichts, er lebt unter einem guten Stern. Sie wird sich schon wieder melden.“

Sie konnte sich nicht vorstellen, dass sie besonders überzeugend klang. Natürlich hatte auch sie keine Ahnung, warum sie jetzt schon seit über einem Tag nichts von Vera gehört hatten.

Allmählich beruhigte Lena sich wieder etwas. Urplötzlich stand Hendrik auf, warf das Album achtlos aufs Bett, die Lupe daneben.

„Ich geh dann mal wieder“, sagte er merkwürdig hastig, als sei ihm etwas eingefallen, das er auf keinen Fall versäumen durfte. Aber er erklärte sich nicht, wiederholte stattdessen:

„Ich wollte nur mal hören, wie es aussieht.“

Dann war er verschwunden. Noch ehe Emily aufstehen konnte, hörten sie ihn schon die Treppe nach unten rennen. Lena und Emily schauten sich an, Lenas Gesicht tränenverschmiert.

„Was ist mit dem denn plötzlich los?“, fragte sie verdattert.

„Keine Ahnung“, sagte Emily. „Typisch Männer eben.“

Sicher war das nicht die allerbeste Erklärung, aber sie zerbrachen sich beide nicht weiter den Kopf über Hendrik Marxfeld. Schließlich hatten sie ganz andere Sorgen.

12

Manchmal fuhr Lena stundenlang allein mit dem Fahrrad durch die Gegend. Sie sagte, so schaffe sie es wenigstens ab und zu, den Kopf halbwegs freizukriegen.

Gerade war sie wieder zu einer dieser Touren aufgebrochen, als es an der Haustür klingelte. Emily hörte es vom Garten aus, wo sie auf einer Decke in der Sonne lag und fast eingeschlafen wäre. In den Nächten schliefen sie beide nach wie vor kaum.

Emily ging davon aus, dass wahrscheinlich Lena irgendetwas vergessen hatte. Über die Terrasse eilte sie ins Haus. Als sie die Tür öffnete, stand niemand davor.

Sie machte ein paar Schritte nach draußen und blickte in alle Richtungen, aber weit und breit war niemand zu sehen. Sie rief Lenas Namen, keine Antwort. Das Einzige, was sie hörte, waren ein paar Vögel, die hoch oben in den Bäumen zwitscherten.

Sie warf einen Blick in den Briefkasten, der leer war. Sie zuckte die Schultern und ging mit einem mulmigen Gefühl zurück ins Haus. Aber vielleicht hatten nur ein paar Kinder einen Klingelstreich gemacht. So gut es ging, verscheuchte sie die trüben und misstrauischen Gedanken.

Wieder im Garten, sah sie zunächst nicht, dass jemand auf ihrer Decke saß. Als sie es bemerkte, bohrte sich ihr der Schreck wie ein Pfeil ins Herz. Vermutlich wäre es kaum anders gewesen, hätte sie den Teufel persönlich gesehen.

„Was machst du denn hier?", fragte sie entgeistert. „Wie kommst du in den Garten?"

„Als niemand geöffnet hat", antwortete Vera lächelnd, „bin ich ums Haus herumgegangen. Ich habe mir gedacht, dass du hier bist. Ich habe gesehen, dass deine Freundin gerade weg ist."

Emilys erster Gedanke war der ans Telefon. Sie musste die Polizei anrufen, entschied sich im letzten Augenblick aber anders. So gelassen wie möglich setzte sie sich neben Vera ins Gras.

„Wo ist Alex?", fragte sie mit einer Ruhe, die sie selbst verblüffte.

„Der schläft", sagte Vera und lächelte sanft. „Er ist ein so lieber Kleiner." Sie schien ganz versunken in den Gedanken an ihn. Plötzlich sah sie aus wie eine glückliche Mutter.

„*Wo* schläft er?"

Emilys Herz donnerte wie ein Vorschlaghammer. Ihre Hände waren schweißnass. Weiter versuchte sie, sich nichts anmerken zu lassen.

„In unserem neuen Zuhause natürlich", gab Vera freundlich zurück. „Wo denn wohl sonst, du Dummerchen?"

Tausende von Gedanken schossen und flogen gleichzeitig kreuz und quer durch Emilys Kopf. Keinen davon konnte sie greifen. Was sollte sie nur tun, wie weiter reagieren?

Sie wünschte sich Lena her, die hätte ganz sicher das Richtige gewusst. Aber Vera hatte klar berechnet, dass sie Emily allein antraf. So viel hatte sie begriffen.

In der Eile entschied sie sich, weiter so zu tun, als sei Veras Besuch völlig normal. Sie dachte, wenn die ihre Aufregung spürte, könnte sie in Panik geraten und wieder verschwinden, bevor sie Alex nähergekommen war.

„Schön, dass du uns besuchen kommst." Emily hoffte, dass Vera das leise Zittern in ihrer Stimme, das sie selbst so deutlich vernahm, nicht hörte. „Du bleibst doch, bis Paul kommt? Er würde sich ganz sicher mehr als freuen, dich zu sehen."

„Meinst du wirklich?" Vera zupfte ein Gänseblümchen aus dem Rasen und betrachtete es ausführlich. Plötzlich erschien es Emily, als rede sie mit einem viel jüngeren Mädchen, das zum ersten Mal verliebt war.

„Natürlich", sagte sie schnell. „Er redet nur noch von dir. Er versteht nicht, warum du gegangen bist."

„Weil er mich nicht mehr liebt." Ihre Stimme klang jetzt todtraurig.

„Wie kommst du denn darauf?", fragte Emily. „Das stimmt doch gar nicht."

Dazu sagte Vera nichts. Sie schien Emilys Worte nicht mal gehört zu haben. Vorsichtig führte sie das Gänseblümchen zum Mund und rieb es sanft an ihren Lippen. Emily fiel auf, dass sie so perfekt geschminkt war wie immer, auch ihr Haar war mit der gleichen Sorgfalt angeordnet. Die leichten Spuren von Vernachlässigung, die sie beim letzten Mal an ihr wahrgenommen hatte, gab es nicht mehr.

„Leider habe ich heute nicht die Zeit, auf ihn zu warten", sagte sie verträumt. „Ich muss wieder bei Alex sein, wenn er aufwacht. Aber ich werde Paul wiedersehen."

„Natürlich", sagte Emily. Langsam bekam sie das richtige Gefühl für das seltsame Gespräch, das sie führten. „Schließlich bereitest du doch alles für ihn vor."

Ernst sah Vera sie an. Tief drinnen flackerten ihre Augen plötzlich unruhig.

„Für *euch*", sagte sie dann und lächelte. „Für ihn und für dich, mein kleiner Engel. Wir werden eine glückliche Familie sein. Wir vier."

Urplötzlich war die Chance greifbar nahe. Nur noch Millimeter war Emily vom entscheidenden Schritt entfernt. Ihr stockte der Atem, als sie die Frage stellte. Dabei versuchte sie, so harmlos wie möglich zu klingen.

„Wo wird das sein?"

Emilys Gesicht tat weh vom Lächeln.

Vera sah sie an, als wolle sie bis in ihre tiefsten Gedanken schauen. Aber dann begriff sie, dass Vera eigentlich durch sie hindurchschaute.

Ein paar Sekunden später veränderte sich ihr Gesichtsausdruck erneut. Jetzt schien sie wieder ganz die alte Vera zu sein, in die Emilys Vater sich verliebt hatte. Sie lächelte befreit.

„Das wird natürlich nicht verraten!", rief sie fröhlich und stand auf. „*Noch* nicht. Schließlich soll es eine Überraschung sein. Nur so viel: Es wird dort gut sein, weil dort jetzt alles anders ist. Der Ort ist gereinigt vom Bösen."

„Das klingt wie ein Rätsel", sagte Emily.

„Tatsächlich?" Sie schien zu überlegen. „Na ja, vielleicht ist es sogar eins. Kannst du es lösen?" Sie grinste.

„Gibst du mir noch einen Tipp?" Emily dachte, dass jeder Hinweis vielleicht entscheidend war.

„Wenn man einen Ort des Bösen zum Guten verwandelt", orakelte Vera, „dann wird es ein *wahrer* Ort des Guten."

Vera lachte laut und ausgelassen auf, als Emily sie ratlos ansah.

„Jetzt ist aber Schluss!", rief sie munter. „Sonst kann ich es dir ja gleich verraten. Und noch soll es doch ein Geheimnis sein."

Sie ging ins Haus, Emily folgte ihr. Fieberhaft überlegte sie, wie sie sie halten konnte. Sie durfte sie nicht einfach wieder gehen lassen.

„Bleib doch auf einen Kaffee", sagte sie hastig. „Ich mach schnell einen. Du weißt doch, wenn Alex erst schläft …"

„Unmöglich", gab Vera entschieden zurück. „In einer halben Stunde ist er wach. Als seine Mutter kenne ich natürlich seine Gewohnheiten."

Plötzlich wusste Emily, was sie zu tun hatte, es gab nur diese eine Möglichkeit. Sie musste Vera außer Gefecht setzen. Wie auch immer und um jeden Preis. Verzweifelt hielt sie Ausschau nach einem Gegenstand, mit dem sie Vera niederschlagen konnte, auch wenn sie sich das überhaupt nicht zutraute. Aber für Alex würde sie es tun, irgendwie würde sie es schaffen.

„Bevor ich gehe", sagte Vera gut gelaunt, „muss ich dir allerdings unbedingt noch etwas zeigen."

„So? Was denn?" Emily hatte große Schwierigkeiten, sich auf ihre Worte zu konzentrieren.

„Hier, im Bad", sagte Vera. „Ich bin sicher, das hast du noch nicht gesehen."

Emily befiel die vage Hoffnung, dass es tatsächlich etwas Wichtiges sein könnte. Irgendetwas, das sie weiterbringen würde. Im Bad zeigte Vera auf den Spiegelschrank. Emily öffnete ihn und hörte im gleichen Moment, wie die Tür hinter ihr zufiel. Sie ließ sich nicht öffnen, die Klinke war von außen gesperrt, irgendetwas musste daruntergeklemmt worden sein. Wütend klopfte sie gegen die Tür. Sie saß in der Falle.

„Mach sofort auf! Vera! Was soll das? Lass mich hier raus."

Totenstille. Es war, als sei außer ihr nie jemand im Haus gewesen. Sie war so wütend auf sich selbst wie noch nie in ihrem Leben.

Noch einmal trommelte sie gegen die Tür. Keine Reaktion. Dann erst hörte sie die Haustür ins Schloss fallen.

Mit einem Satz war sie beim Fenster und riss es auf. Was sie hier sah, konnte sie kaum glauben. Das Fenster war von außen durch ein schräg davor geklemmtes Brett versperrt. Ebenso verzweifelt wie vergeblich versuchte Emily, es wegzudrücken.

Dann hörte sie ein Auto starten und losfahren. Sie heulte vor Wut. Erst als sie ein paarmal mit der Faust so stark gegen das Brett schlug wie sie konnte, lockerte es sich allmählich.

13

Lena konnte nicht begreifen, was Emily ihr erzählte, worüber diese sich nicht wunderte. Ihr selbst kam alles vor wie ein schlechter, zumindest seltsamer Traum. Als wäre sie im Garten auf der Decke liegend eingenickt und …

„Warum konnte sie einfach wieder verschwinden?" Der Vorwurf in Lenas Stimme war nicht zu überhören. „Du hast sie *gehen* lassen?"

Natürlich hatte Emily sich auch schon den Kopf darüber zerbrochen, wie das hatte passieren können. Deshalb kam ihre Antwort schnell:

„Sie war auf alles verdammt gut vorbereitet. In totalem Gegensatz zu mir. Sie hat das Badezimmerfenster mit diesem blöden Brett versperrt, *bevor* sie geklingelt hat. Und sie hat beobachtet, dass du das Haus verlassen hast. Nichts an ihrer Aktion war zufällig."

Emilys Erklärungen stimmten, änderten aber nichts an ihren Selbstvorwürfen. Immer wieder sagte sie sich, dass sie Vera irgendwie hätte halten müssen.

Lena ließ sich auf einen Gartenstuhl fallen.

„Klingt eigentlich nicht nach der Aktion einer Verrückten, oder?"

Emily war froh, dass wenigstens sie nicht länger auf ihr herumhackte, denn das tat sie selbst schon genug.

„Nein", sagte sie. „Alles war total durchdacht. Wie sie mich ins Bad gelockt hat, war clever, nicht verrückt."

„Aber warum war sie überhaupt hier?" Lena starrte sie an. „Was *wollte* sie eigentlich von dir?"

„Hiermit willkommen zurück im Wahnsinn", sagte Emily.

„Wollte sie dir Angst machen?"

„Nein. Sie wollte, dass ich mich freue."

„Dass du dich *freust*?" Lena glaubte, nicht richtig verstanden zu haben.

„Genau. Ich sollte mich freuen, dass sie alles für uns vorbereitet." Emilys Worte klangen, als gäbe es nichts Selbstverständlicheres auf der Welt. „Und sie hat mir ein Rätsel aufgegeben."

Lauernd sah Lena sie an, und Emily versuchte, sich an den exakten Wortlaut zu erinnern.

„Wenn man einen Ort des Bösen in einen Ort des Guten verwandelt, dann wird es ein wahrer *Ort des Guten."*

Sie wunderte sich, wie genau sie sich erinnerte. Die Worte schienen ihr tief ins Gedächtnis gebrannt.

„Sie hat damit den Ort gemeint, an dem Alex jetzt schon ist?" Lenas Frage klang ganz ruhig. Aber es lag eine bange Erwartung darin. Ihr Gesicht war sehr bleich. Emily nickte.

„Es wird dort gut sein, weil dort jetzt alles anders ist", zitierte sie weiter. „Reichlich abgedreht, oder?"

Lena stand auf und ging so unruhig im Garten hin und her, dass Emily an eine Raubkatze in ihrem Käfig dachte.

„Wie man es nimmt." Lena sah ihre Freundin nicht an, setzte sich aber zu ihr auf die Decke. „Lass uns doch mal den ganzen Wortzauber drum herum streichen. Was bleibt dann?“

Emily verstand nicht, was sie meinte.

„Was sind die Fakten?“, fragte Lena.

„Sie hat von einem bestimmten Ort gesprochen“, sagte Emily zögernd. „Und wir vermuten, dass es der Ort ist, an dem Alex sich befindet.“

„Genau. Und sie ist dabei, diesen Ort zu einem guten Ort zu machen.“

„Irgendwie hört sich das nach einer Kultstätte an“, meinte Emily.

Wieder stand Lena auf und drehte ihre Raubtierrunden, legte dabei einen Zeigefinger an den Mund.

„Wie waren noch mal genau ihre Worte?“

„*Wenn man einen Ort des Bösen in einen Ort des Guten verwandelt, dann wird es ein* wahrer *Ort des Guten.*“

„Also, warum nur kann es ein *wahrer* Ort des Guten werden?“

„Weil es vorher ein Ort des Bösen war.“

„Genau. Unter anderem sagt das, dass sie schon vorher eine Verbindung zu diesem Ort gehabt haben muss. Es ist ein Ort für sie, der eine bestimmte Bedeutung hat.“

„Und zwar keine gute.“

Emily dachte weiter nach, irgendetwas hatte Vera in diesem Zusammenhang noch gesagt. Dann fiel es ihr ein.

„Sie hat davon gesprochen, dass sie den Ort von allem Bösen gereinigt habe. Merkwürdig, oder?“

„Klingt fast wie eine Zauberpriesterin“, meinte Lena.

Sie legte sich neben Emily. Plötzlich waren sie wieder an einem Punkt angelangt, an dem sie nicht recht weiterkamen. Dabei hatte Emily gerade erst das Gefühl gehabt, als gerate endlich etwas in Bewegung. Jetzt schien erneut die Luft raus. Sie lagen auf dem Rücken und starrten in den Himmel, der ohne jedes Wölkchen war.

„Vielleicht ist es der Ort", sagte Emily, „an dem sie als Kind diese Fotos gemacht hat?"

„Aber selbst wenn", meinte Lena, „was haben wir davon? Wir wissen ja nicht, wo dieser Ort ist."

Plötzlich hatte Emily einen Gedanken, der sie belebte und wie mit frischem Sauerstoff versorgte.

„Ich glaube nicht", sagte sie, „dass sie Alex etwas tun wird."

„So? Und warum nicht?" Lena war skeptisch.

„Weil sie das Gute will", behauptete Emily. „Sie ist die Zauberpriesterin, die einen bösen Ort vom Bösen reinigt und in einen guten Ort verwandelt. So jemand tut doch keinem Kind etwas an."

„Es gibt Menschen", meinte Lena, „die halten den Tod für den einzigen Ort des Guten."

Ihre Stimme klang düster, ihre Worte überzeugend. Emily lief ein kalter Schauer des Entsetzens über den Rücken. Lena hatte recht. Sie hatten keine Ahnung, was eine Frau wie Vera unter Gut und Böse verstand. Vielleicht das ganze Gegenteil von dem, was sie sich darunter vorstellten.

Emilys Angst um Alex katapultierte schlagartig ins Grenzenlose. Und sie spürte, dass Lena das Gleiche empfand. So schnell wie möglich mussten sie herausfinden, wo der Ort war, von dem Vera gesprochen hatte.

Verschwommen hatte Emily dann noch einmal das Gefühl, etwas Wichtiges von dem vergessen zu haben, das Vera gesagt hatte. Irgendeinen Satz, der nebenbei gefallen war, möglicherweise auch nur ein einzelnes Wort oder eine Mimik, die eine versteckte Botschaft enthielt. Sie zermarterte sich das Hirn, aber je mehr sie dies tat, umso weiter entfernte sie sich von dieser Botschaft. Schließlich beschloss sie schweren Herzens, nicht weiter darüber nachzudenken. Sie musste warten, bis die Antwort ganz von alleine auf sie zukam.

Ihre Selbstvorwürfe nagten weiter in ihr. Sie hatte den dringenden Wunsch, ihren Fehler mit Vera wieder gutzumachen. Nur dass sie keine Idee hatte, wie das zu erreichen war.

Am nächsten Vormittag fuhr Lena zu Kris ins Krankenhaus. Noch immer ging es dieser nicht viel besser, sie schien noch meilenweit entfernt von einer Entlassung. Lena machte sich nicht nur um Alex große Sorgen, sondern auch um ihre Mutter.

„Ich glaube", sagte sie, „Kris übersteht es nicht, wenn Alex etwas passiert."

Emily fragte sich, wer von ihnen allen das letztlich überstehen würde, aber sie stellte die Frage nicht laut.

Lena war keine zehn Minuten aus dem Haus, da fiel ihr plötzlich ein, worüber sie gestern so verzweifelt nachgedacht hatte. Das, was Vera noch gesagt hatte und worauf sie nicht mehr gekommen war.

Sie stürzte zum Telefon und wählte Lenas Handynummer, ihr Puls war in die Höhe geschnellt. Ihre Hände zitterten, einmal verwählte sie sich. Dann hörte sie das Klingeln ihres eigenen Anrufs. Lena hatte ihr Handy in der Küche liegen lassen.

Emily war eingefallen, das Vera davon gesprochen hatte, dass Alex in einer halben Stunde wach sein würde. Bis dahin wollte sie bei ihm sein, was bedeutete, dass sein Versteck nicht weiter als eine halbe Autostunde entfernt sein konnte. Emily verstand jetzt nicht mehr, dass ihr das nicht eher eingefallen war.

Sie rannte in der Wohnung herum wie ein aufgescheuchtes Huhn, sie musste Lena unbedingt erreichen. Sie entschloss sich, das Telefonbuch zu suchen, um die Nummer vom Krankenhaus herauszufinden.

Normalerweise lag das Telefonbuch gleich neben dem Telefon, jetzt natürlich nicht. Dann klingelte es an der Tür.

Sie schlich zum Eingang so leise sie konnte und schaute durch den Spion. Als sie draußen niemanden sah, hatte sie nur noch einen Gedanken: *Vera!*

Mit einem Ruck riss sie die Tür auf.

„Guten Morgen, Emily.“

Die Stimme kam ihr bekannt vor, aber es war nicht die, die sie erwartet hatte.

„Ach, du bist es.“

Hendrik Marxfeld stand etwas seitlich zur Tür, weshalb sie ihn durch den Spion nicht gesehen hatte. Mit Sicherheit merkte er ihr die Erleichterung an. Erleichterung, in die sich eine Spur fader Enttäuschung mischte und auch wieder eine Spur Freude.

„Habt ihr einen Moment Zeit?“, fragte er. „Ich muss euch etwas zeigen.“

„Komm rein“, sagte Emily. „Aber ich bin alleine. Lena besucht ihre Mutter im Krankenhaus.“

Einen kleinen Moment fürchtete sie, er würde wieder gehen.

„Egal", sagte er. „Dann zeig ich es eben dir. Es ist wichtig."

Sie setzten sich auf die Stühle im Garten. Emily holte zwei Gläser und schenkte Cola ein, Hendrik Marxfeld hatte eine Stofftasche dabei.

„Könntest du noch mal das Fotoalbum holen", sagte er, „in dem ich gestern geblättert habe?"

Er lächelte und trank einen Schluck.

Emily war gespannt, was er in der Tasche hatte. Da er aber offenbar zuerst das Album haben wollte, machte sie sich auf den Weg nach oben.

Eine Minute später war sie mit Album und Lupe zurück und reichte sie Hendrik. Er legte beides vor sich auf den Tisch.

„Vielleicht erinnerst du dich", begann er etwas umständlich, „dass ich mir gestern die Bilder hierin angesehen habe."

„Natürlich." Emily verkniff sich die Bemerkung, dass sie nicht an Demenz leide.

„Zunächst schien es mir überflüssig", fuhr er fort, „weil ich kaum etwas erkennen konnte. Dann aber fiel mir auf, dass offenbar alle Bilder am gleichen Ort aufgenommen worden sind."

„Das haben wir allerdings auch schon entdeckt", meinte Emily unüberhörbar enttäuscht. „Das Problem ist nur, dass man nicht erkennen kann, wo."

„Genau das habe ich auch zuerst gedacht", sagte er. Seine Stimme wurde schneller. Er konnte seine Aufregung nicht verbergen. „Aber dann ..."

Er blätterte das Album auf. Offenbar suchte er ein bestimmtes Bild. Emilys Spannung wuchs. Obwohl sie nicht glaubte, dass sie etwas Wichtiges übersehen hatten.

Dann hatte er gefunden, wonach er gesucht hatte. Er legte den Zeigefinger auf ein Bild ziemlich am Anfang des Albums, drehte es halb zu Emily und reichte ihr die Lupe.

„Sieh dir dieses Foto mal genauer an", sagte er.

Emily war sicher, dass er sich mit irgendwas täuschte. Vielleicht bildete er sich etwas ein, das gar nicht da war. Natürlich kannte sie das Bild, auf das er zeigte. Sie kannte es ebenso gut wie all die anderen Fotos des Albums, und soweit sie sich erinnerte, unterschied es sich in nichts von den anderen.

Um Hendrik Marxfeld einen Gefallen zu tun, griff sie trotzdem die Lupe. Das Bild war noch verschwommener als die meisten anderen, man konnte noch weniger darauf erkennen. Irgendwo im Hintergrund sah man die Konturen des Mannes, der wahrscheinlich Veras Vater war. Er stand unmittelbar vor dem, was am Ende des Gartens lag und von dem sie glaubten, dass es Wasser war. Dahinter die Ahnung eines weiteren, kahlen Baumes.

Im Vordergrund waren links und rechts, ebenfalls äußerst undeutlich, je zwei Bäume zu erkennen, deren Laub sich im Wind zu bewegen schien. Aber selbst dafür brauchte man schon viel Phantasie.

„Nun?", fragte Hendrik Marxfeld. Er klang noch aufgeregter, aber jetzt auch unverkennbar stolz. „Was sagst du?"

Eine Sekunde lang fragte Emily sich ernsthaft, ob er gekommen war, um sie auf den Arm zu nehmen.

„Ich sage", antwortete sie schließlich, „dass ich noch nicht mal verstehe, warum jemand so ein Bild aufhebt und dann auch noch in ein Album klebt."

Obwohl sie eigentlich nichts erwartet hatte, spürte sie jetzt eine nagende Enttäuschung. Wieder war eine Hoffnung geplatzt, und sie fragte sich, wie viele solcher zerplatzten Hoffnungen sie noch verkraften konnte.

Und plötzlich hatte sie ganz deutlich ein Bild von Alex vor Augen. Das Bild, wie sie zusammen den toten kleinen Vogel begraben hatten. Tränen schossen in ihre Augen und liefen über, bis sie sie mit dem Handrücken fortwischte.

Hendrik Marxfeld schien all das gar nicht zu bemerken. Auch ihre Worte überging er, als habe sie diese nie gesagt. Voll ungebrochenem Eifer drehte er das Album wieder zu sich, dann endlich holte er etwas aus seiner Stofftasche. Wieder flackerte eine kleine Hoffnung in Emily auf, wenn auch diesmal eine *winzig* kleine.

Was Hendrik aus der Tasche holte, war ebenfalls ein Fotoalbum. Sorgfältig legte er es neben das von Vera. Bevor er es ebenfalls aufschlug, trank er einen Schluck. In seinem Album steckte ein Lesezeichen und er fand sofort, was er suchte. Er sah Emily an wie ein Zauberer sein Publikum unmittelbar vorm Höhepunkt des Tricks.

„Jetzt guck dir das mal an", sagte er feierlich. Um ihm einen Gefallen zu tun, stand sie auf, stellte sich neben ihn und warf einen Blick über seine Schulter. Ihre Erwartungshaltung lag fast bei null.

„Hier brauchst du nicht mal die Lupe", meinte er triumphierend. „Schau."

Immerhin stimmte, was er gesagt hatte. Für dieses Bild brauchte man keinesfalls eine Lupe. Es war gestochen scharf. Ein ungefähr fünfjähriger Junge war darauf zu sehen, der in einem Garten auf einem Turm stand. Dieser Turm sah selbstgezimmert aus und war aus Holz. Der Junge strahlte in die Kamera. Er hatte blitzweiße Zähne. Es war ein sehr hübscher Junge. E-mily erkannte ihn sofort.

„Bist du das?", fragte sie trotzdem, lächelte ein bisschen.

Hendrik Marxfeld nickte.

„Aber das ist nicht der Grund", sagte er, „aus dem ich dir das Bild zeige."

„Sondern?" Sie hatte keine Ahnung, worauf er hinauswollte.

„Der Turm", sagte er aufgeregt. „Und das Wasser im Hintergrund."

Tatsächlich sah sie jetzt auch, dass da Wasser war, und sie bekam eine schwache Ahnung.

„Der gleiche See wie auf euren Bildern", behauptete er selbstsicher.

„Es ist auch Wasser", meinte Emily skeptisch. „Aber sieht Wasser nicht immer gleich aus? Vor allem, wenn es nur von ein paar ziemlich nichtssagenden Bäumen umgeben ist?"

Sie spürte, wie sie ungeduldig wurde. Obwohl sie Hendrik Marxfeld mochte, hatte sie keine Lust auf seine Hirngespinste und fühlte sich plötzlich sehr kraftlos.

„Soweit hast du recht", sagte er. „Aber schau dir doch bitte noch mal euer Foto genau an."

„Ich mag nicht mehr“, gab sie ehrlich zurück und setzte sich wieder. „Ich kenne es in- und auswendig.“

„Dann erzähle ich dir jetzt“, sagte Hendrik Marxfeld, „was mir als Erstes daran aufgefallen ist.“

„Na?“

Sie kippte ein halbes Glas auf einen Schluck hinunter. Die Kohlensäure kribbelte in ihrer Nase, Hendrik Marxfeld war vollkommen vertieft in seine Ausführungen.

„Die Bäume im Vordergrund stehen in vollem Laub“, fuhr er fort. „Offensichtlich ist Sommer. Wenn ich richtig sehe, trägt auch der Mann nur ein Unterhemd. Das wird er kaum im Herbst machen, zumal er sich ja draußen aufhält.“

„Das sehe ich ganz genau so“, sagte Emily. Sie ging nur noch auf ihn ein, weil sie ihn mochte und anerkannte, dass er sich Mühe gab. Vom Inhalt seiner Ausführungen hielt sie nicht viel.

„So“, sagte er schließlich. Es klang, als glaube er, sie damit in der Falle zu haben. „Wenn du das genauso siehst, dann kannst du mir ja sicher auch erklären, warum der Baum hinter dem Wasser ratzeputz kahl ist?“

Er hielt ihr die Lupe hin. Es schien Emily nicht der Mühe wert, sie zu greifen.

„Herrgott noch mal, ein toter Baum! Na und?“ Sie schaffte es nicht mehr, ihre Gereiztheit zurückzuhalten. „Hältst du das für etwas dermaßen Besonderes?“

„Nein“, antwortete er sachlich. „Durchaus nicht. Und ich gebe auch zu, dass ich zunächst das Gleiche gedacht habe wie du.“

Er machte eine Pause und provozierte damit ihre Frage: „Und dann? Was hast du dann gedacht?“

Sie hatte keine Ahnung, weshalb sie sich auf diesen Quatsch einließ.

„Dann habe ich erkannt“, sagte er, „dass es gar kein Baum ist.“

„Sondern?“ Sie schenkte ihnen beiden etwas Cola nach.

„Ein Turm“, erklärte er. „Und zwar dieser Turm, den du hier auf dem Foto siehst. Auf dem ein kleiner Junge namens Hendrik Marxfeld steht und in seinem vollen Charme in die Kamera lächelt.“

14

Bis zuletzt war sie nicht sicher, ob das, was man auf Veras Foto weit hinten sehen konnte, tatsächlich der Turm war, auf dem viele Jahre später der fünfjährige Hendrik Marxfeld gestanden hatte. Mindestens zwei Gründe aber gab es, die tatsächlich dafür sprachen. Der eine war Hendriks absolute Sicherheit. Er war nicht der Typ, der irgendetwas behauptete, nur um sich interessant zu machen. Solche Leute gab es auch, die hatten nach ihrer Suchmeldung schon massenhaft bei ihnen angerufen, aber Hendrik Marxfeld gehörte nicht zu dieser Sorte.

Der zweite Grund war, dass der See, von dem er sprach, in ziemlich genau einer halben Stunde Auto-Entfernung lag, also genau in dem Umkreis, in dem sie suchen mussten.

„Das ist der Silbersee", sagte er. „Hundertprozentig."

Der Silbersee war eine Kieskuhle etwas außerhalb der Stadt. Emily hatte schon oft davon gehört, war aber noch nie da gewesen.

Hendrik Marxfeld erzählte, dass seine Eltern dort früher ein kleines Wochenendhaus besessen hatten.

„Vor ein paar Jahren haben sie es verkauft", sagte er. „Leider. Als Kind fand ich es total spannend da. Das halb verwilderte Gelände, das Wasser. Und in unserem Garten war vor allem dieser alte Holzturm ein echtes

Highlight, nicht nur in direktem Sinne. Von oben konnte man weit über den See auf die andere Seite gucken. Der See war an dieser Stelle ziemlich schmal. Und euer Foto ist genau von der anderen Seite aufgenommen."

Je länger er redete, umso mehr glaubte Emily ihm. Vielleicht auch nur, weil sie sich so sehr wünschte, dass er recht hatte. Vielleicht würde sie dann die Chance kriegen, ihren Fehler von gestern wieder gutzumachen.

„Lass uns hinfahren", sagte sie und stand auf.

„Jetzt *sofort*?" Hendrik Marxfeld blieb sitzen.

Schwerfällig brummte eine fette Hummel um ihre leeren Gläser.

„Wann *jetzt* sonst? Jetzt in drei Monaten? Nun komm schon."

Er stand auf, aber die Unentschlossenheit in seinem Gesicht blieb.

„Wir haben keine Zeit zu verlieren", drängte Emily. „Es geht um Alex. Vielleicht um sein Leben."

Beim letzten Satz zuckten sie beide kaum merklich zusammen. Natürlich war das die schlimmste Variante, die durch ihre Köpfe spukte.

„Ich kann jetzt nicht", sagte Hendrik trotzdem. „Meine kleine Schwester schläft zu Hause. Wenn sie aufwacht, ist sie allein."

Das war das einzige Argument, das Emily zurzeit gelten ließ. Trotzdem war ihre Enttäuschung riesig.

„Morgen?", schlug er vor.

„Okay." Sie dachte nicht daran, ihn zu bedrängen, aber noch weniger dachte sie daran, bis morgen zu warten.

Vor dem Haus stieg Hendrik Marxfeld auf sein sportliches Rad. Er blinzelte in die Sonne, die hinter Emily am Himmel stand.

„Rufst du die Polizei an?", fragte er. „Falls Alex wirklich dort draußen ist …"

„Ja klar", sagte Emily. Es klang nicht überzeugend, wie sie selbst fand. Sie dachte, dass das kein Wunder war, denn sie *war* nicht überzeugt.

„Dann bis morgen früh!", rief er und verschwand um die nächste Ecke.

„Okay!", rief sie ihm hinterher.

Ihre Entscheidung war gefallen, noch bevor sie richtig darüber nachgedacht hatte. Auf keinen Fall konnte sie bis morgen warten. Und sie wollte auch nicht die Polizei anrufen. Sie musste selbst an diesen See, unbedingt, und zwar so schnell wie möglich.

Seit letzter Woche hatte ihr Rad einen Platten. Und sie kannte nur grob die Richtung, in welcher der Silbersee lag. Sie zählte ihr Geld, es würde reichen, also ging sie zum Telefon und wählte eine der eingespeicherten Nummern. Am anderen Ende wurde sofort abgenommen.

„Guten Tag", sagte Emily. „Ich hätte gern einen Wagen in den Birkenweg. Bitte so schnell wie möglich."

Das Taxi brauchte exakt achtundzwanzig Minuten. Taxifahren war teurer, als sie gedacht hatte, ihr Geld reichte gerade so. Nach dem Bezahlen besaß sie noch ganze zweiunddreißig Cent. Das war für die Rückfahrt natürlich nicht genug, aber sie beschloss, über dieses Problem erst später nachzudenken. Vielleicht würde sie dann auch ihren Vater anrufen. Immerhin möglich, dass sie ihm dann Wichtiges mitzuteilen hatte, auch wenn sie bis jetzt keine Ahnung hatte, was sie am Silbersee tatsächlich erwartete oder auf was genau überhaupt sie hoffte.

Der Taxifahrer hatte sie auf einem kleinen, ungepflasterten Parkplatz abgesetzt. Das letzte Stück Straße war nicht besser gewesen. Als sie ausgestiegen war, betrachtete der Fahrer sie mitleidig.

„Und Sie sind wirklich sicher?", fragte er.

„Natürlich", antwortete Emily und machte ein selbstbewusstes Gesicht. „Meine Tante hat hier ein Wochenendhaus und wartet auf mich."

Dasselbe hatte sie ihm auch während der Fahrt erzählt. Aber schon da war er skeptisch gewesen.

„Ich dachte, die Wochenendsiedlung dort ist längst ausgestorben", hatte er gesagt. „Bis irgendwann Anfang der 2000er war am Silbersee mehr los. Aber als sich dann Industrie in der Gegend ansiedelte, war das ziemlich schnell vorbei. Soviel ich weiß, ist dort alles verfallen. Die Leute sprechen von einer Geistersiedlung."

„Meine Tante lässt sich von so was nicht abschrecken", hatte Emily trotzig behauptet. „Das Haus dort hatten ihre Eltern schon. Da kennen Sie meine Familie schlecht. Wir lassen uns nicht so leicht unterkriegen."

Damit hatte sie ihn eine Weile zum Schweigen gebracht. Er war ein dicker, freundlicher Mann um die sechzig. Aus seinen Ohren wuchsen graue Haare. Emily schien, dass er über etwas Bestimmtes nachdachte.

„Da war doch mal irgendwas", meinte er grüblerisch. „Ist aber schon lange her. Ich glaube, da ist damals ein Mord passiert. Irgendwas Spektakuläres."

„Am Silbersee?" Ein unheimlicher Schauer lief ihr über den Rücken. Der Taxifahrer nickte düster.

„Ungefähr um die Zeit, als es mit dem Wochenendle-
ben am Silbersee allgemein zu Ende ging. Hat Ihre
Tante Ihnen denn nie davon erzählt?"

„Nein", sagte Emily. „Was genau ist denn damals passiert?"

Sie spürte eine wachsende Aufregung.

„Ich weiß es nicht mehr genau."

Er ärgerte sich mächtig über sein schlechtes Gedächtnis. Das sah sie ihm deutlich an.

„Irgendein Familiendrama, wenn ich mich recht ent-
sinne. Mitglieder der Familie hatten sich gegenseitig
umgebracht. Aber ich weiß nicht mehr, wer nun wen
oder gar warum. Wirklich keine Ahnung mehr."

„Hat es mehrere Tote gegeben?" Emilys Atem stockte
bei der Frage. Sie wusste nicht genau, warum das so
war.

„Keine Ahnung. Aber ich weiß noch, dass die Zeitun-
gen damals voll davon waren. Auch Illustrierte und so
was. Sicher kam es auch im Fernsehen. Wie ist es nur
möglich, dass ich das alles noch weiß, mich aber an die
eigentliche Tat nicht erinnern kann? – Tja, man wird
alt", gab er sich schließlich selbst die Erklärung.

Als Emily nun allein auf dem Parkplatz stand, wurde
ihr klar, dass sie gar nichts wusste. Noch nicht mal die
Richtung, in die sie gehen sollte. Hinter einer Reihe
Bäumen sah sie das Wasser. Im Licht der Sonne glänzte
es silbern. Unkonzentriert dachte sie, dass der See sicher daher seinen Namen hatte.

Sie ging zwischen den Bäumen hindurch bis zum
Wasser, um sich dort einen ersten Überblick zu ver-
schaffen. Das Gras war überall sehr hoch. Direkt am
Ufer entlang führte ein Weg, der aber praktisch

zugewachsen war. Frühe Insekten flogen in dichten Schwärmen über dem Wasser, Emily stand im Schatten. Hier war es so kühl, dass sie an den Armen eine Gänsehaut bekam.

Das gegenüberliegende Ufer war höchstens hundert Meter entfernt. Es war genauso dicht bewachsen wie das, an dem sie stand, auch weiter links und rechts sah es nicht anders aus. Der gesamte See schien kaum länger als drei-, vierhundert Meter zu sein. Hinter dichten Bäumen auf der anderen Seite sah sie ein paar Schornsteine und große Hallen aufragen. Das Industriegelände, von dem der Taxifahrer gesprochen hatte. Aber selbst dieses schien mittlerweile nicht mehr in Betrieb zu sein. Die ganze Gegend machte einen ausgestorbenen Eindruck.

Langsam ließ sie ihre Blicke am Ufer entlanggleiten soweit es ging. Vergeblich suchte sie irgendeinen Anhaltspunkt. Es gab nicht den kleinsten Hinweis auf eine Wochenendsiedlung, auch nicht auf eine verlassene. Ohne die Industrieanlage im Hintergrund hätte man meinen können, dass noch nie ein Mensch seinen Fuß in diese Gegend gesetzt hatte.

Bis auf ein paar vereinzelte, seltsam klingende Vogelstimmen herrschte Totenstille. Der Saum des anderen Ufers lag in der Sonne. Dahinter konnte sie wegen der dichten Bäume und Sträucher kaum etwas sehen.

Ungefähr fünfzig Meter weiter links ragte eine kleine Halbinsel ins Wasser. Die war etwas weniger bewachsen als der Rest. Aber sie war zu weit entfernt, um etwas erkennen zu können. Trotzdem entschloss sie sich, zunächst in diese Richtung zu gehen.

Obwohl der schmale Trampelpfad am Ufer fast zugewachsen war, kam sie doch ganz gut voran. Sie war froh, eine lange Jeans angezogen zu haben, teilweise überwucherten Brennnesseln und Dornen den Weg.

Nach ungefähr fünf Minuten war sie auf einer Höhe mit der Halbinsel auf der anderen Seite. Mehrere Enten dösten in der Sonne. Dann sah sie etwas, das ihr Herz schneller schlagen ließ.

Kein Zweifel: Dort drüben, zwischen Bäumen und Sträuchern versteckt, stand ein Holzhaus. Umwuchert von hohem Gras und Schlingpflanzen lag es im Halbschatten. Soweit Emily sehen konnte, waren alle Fenster eingeschlagen. Die Tür war halb herausgebrochen und hing nur noch unten fest. Es war klar, dass in diesem Haus niemand mehr wohnte, und sie dachte daran, dass der Taxifahrer von einer Geistersiedlung gesprochen hatte.

Ein unbehagliches Gefühl kroch in ihr hoch. Sie weigerte sich, es Angst zu nennen.

Der Taxifahrer hatte ihr seine Karte gegeben. Emily hatte sie in der Tasche und hielt sie nun fest in ihrer nassgeschwitzten Hand. Weit konnte der Fahrer noch nicht sein, sollte sie ihn zurückrufen? Kredit würde er ihr sicher einräumen. Dann aber dachte sie wieder an Alex und daran, dass er vielleicht irgendwo an diesem See gefangen gehalten wurde. Augenblicklich verwarf sie ihren feigen Fluchtgedanken.

Nach wie vor wusste sie nicht, ob ihre Vermutung wirklich stimmte, ob Vera Alex tatsächlich hierher an den Silbersee verschleppt hatte. Eigentlich war es noch nicht mal eine richtige Vermutung, vielmehr der schwache Hauch einer leichten Hoffnung. Fast ebenso gut war es möglich, dass sie sich nur in diese Idee verrannt hatte.

Aber genau das musste sie herausfinden. Sie beschloss, zunächst um den See herum bis zur Halbinsel zu gehen. Vielleicht ergaben sich neue Perspektiven, wenn sie das verfallene Haus einmal näher unter die Lupe nahm. Einen anderen Anhaltspunkt hatte sie nicht.

Unterwegs kam sie an zwei weiteren vollkommen verwilderten Gartengrundstücken vorbei. Im ersten stand, anstelle eines Hauses, ein bunt angemalter alter Wohnwagen, aus dem das Gras herauswuchs.

Wie das Haus auf der Halbinsel war auch dieser Wagen nicht nur verfallen, sondern zusätzlich zerstört worden. Türen und Fenster schienen herausgetreten zu sein und lagen teilweise überwuchert im Gras. Das Dach war zur Hälfte herausgerissen. Sie warf nur einen kurzen Blick in das Innere des Wagens, das mit uralten, völlig zerfetzten Mülltüten und ähnlichem Zeugs übersät war. Es stank bestialisch. Emily hielt sich die Nase zu und ging so schnell wie möglich weiter. Sie war sicher, dass in diesem ehemaligen Garten seit mindestens zehn Jahren kein Mensch mehr gewesen war.

Das zweite Grundstück, das sie durchstreifte, machte schon auf den ersten Blick einen anderen Eindruck. Hier gab es, etwa fünfzig Meter vom Wasser entfernt, ein kleines, aber stabiles Steinhaus. Der Putz war fast vollständig abgeblättert, aber sie vermutete, dass es in seinen besten Tagen einmal weiß gewesen war.

Auch hier waren fast alle Scheiben eingeworfen, aber manche der Fenster waren mit Plastikfolie, Brettern und Nägeln notdürftig geflickt. Die nahezu unbeschädigte Haustür war eingehängt. Zweifelsfrei hatte dieses Haus noch vor viel kürzerer Zeit Menschen gesehen als die alte Wohnwagenruine auf dem Nachbargrundstück.

Sofort spürte Emily ihr Herz weit oben im Hals. Instinktiv duckte sie sich und schlich so leise wie möglich um das Haus herum. Vorsichtig lugte sie dabei in die Fenster, konnte aber nichts Besonderes erkennen.

Langsam legte sich ihre Aufregung. Wenn sie insgeheim gehofft hatte, Alex in diesem Haus zu finden – und das hatte sie – dann musste sie nun einsehen, dass hier niemand war. Desillusioniert öffnete sie die Tür und betrat das Haus. Die Türen zu den Zimmern standen offen, Licht fiel von allen Seiten ein. Staub tanzte im Sonnenschein, Spinnenweben glitzerten im Halblicht. Es roch muffig und vermodert.

Ihre Vorsicht hatte Emily praktisch aufgegeben. Dann sah sie eine alte Holztreppe, die nach oben führte. Schlagartig wurde ihr klar, dass sie viel zu früh unvorsichtig geworden war. Natürlich konnte auch jemand dort oben sein. Und wenn das so war, dann musste er sie längst gehört haben.

„Vera?", rief sie die Treppe hinauf. „Alex? Seid ihr hier?"

Ihre Worte verhallten, und langsam ging sie die ersten drei Stufen hoch. Das Holz knarrte laut.

„Ich bin es: Emily. Warum antwortet ihr nicht?" Sie hörte ihre eigene Angst.

Sie dachte, dass sie, waren sie tatsächlich da oben, vielleicht schliefen. Einen anderen, viel schlimmeren Gedanken dachte sie nicht zu Ende. Noch immer stand sie auf der Treppe, konnte aber jetzt das Obergeschoss vollständig einsehen. Es bestand aus einem einzigen Raum mit zwei kleinen Fenstern in den Dachschrägen. Trotz des schlechten Lichtes ließ sich sofort überschauen, dass kein Mensch hier war.

In einer Ecke des Raumes stand ein alter Schrank, in einem anderen eine Kommode, beides ziemlich runtergekommen. Mit einem großen Schritt nahm Emily die letzten Stufen. Als sie hinter dem Schrank eine Matratze und einen Schlafsack entdeckte, schnellte ihr Adrenalinspiegel erneut in die Höhe.

Ganz offensichtlich war beides vor nicht sehr langer Zeit noch benutzt worden. Emily tippte auf die letzte Nacht. Plötzlich spürte sie tausend imaginäre Augen, die aus sämtlichen Ecken und Winkeln des Raumes auf sie gerichtet waren. In plötzlich aufflammender wilder Panik rannte sie die Treppe hinunter und ohne anzuhalten weiter ins Freie. Die Tür blieb sperrangelweit offen stehen.

Emily lief weiter bis runter zum Wasser, wo sie sich hinter einem mächtigen Baum versteckte. Total außer Atem, den Rücken an den Baum gelehnt, ließ sie sich in die Knie sacken.

Sie beruhigte sich nur sehr langsam, hätte nicht sagen können, wie lange sie dort im hohen Gras hockte und versuchte, einen klaren Gedanken zu fassen. Als sie endlich so weit war, erschien ihr das Gesehene äußerst merkwürdig. Emily strengte sich an, um sich so deutlich wie möglich das genaue Bild noch einmal vor Augen zu führen.

Die Matratze, die sie hinter dem Schrank entdeckt hatte, war so zerschlissen und versifft gewesen, als gehöre sie eigentlich in das Wohnwagenwrack vom

Nachbargrundstück. Auch der nachlässig zusammengerollte Schlafsack hatte nicht viel anders ausgesehen. Jetzt erinnerte sie sich, dass neben der Matratze eine leere Flasche gelegen und eine halbvolle gestanden hatte. Es schien ihr, als ob das Schnapsflaschen gewesen wären. Wenn das stimmte, konnte es natürlich nicht Alex gewesen sein, der hier geschlafen hatte. Und auch zu Vera passte das alles überhaupt nicht. Viel wahrscheinlicher war es, dass hier jemand ganz anderes übernachtet hatte.

Vielleicht ein Obdachloser, der sein Quartier in diesem leerstehenden Haus aufgeschlagen hatte. Emily fragte sich, ob es Sinn machte, zu warten, bis er zurückkehrte. Möglicherweise hatte er – oder sie – etwas gesehen, das ihr weiterhelfen konnte.

Dann aber entschied sie sich anders. Bis zu seiner Rückkehr konnte es schon dunkel sein und so lange konnte sie unmöglich warten. Dabei war sie nicht mal sicher, ob die Person überhaupt wiederkam. Ebenfalls wusste sie nicht, wie diese auf ihre plötzliche Anwesenheit reagieren würde. Wer konnte ausschließen, dass eine solche Reaktion aggressiv, vielleicht sogar körperlich aggressiv, ausfallen würde?

Also beschloss Emily, ihren Weg zur Halbinsel so schnell wie möglich fortzusetzen. In diesem Moment piepte ihr Handy. Es war das Signal, mit dem es einen leeren Akku anzeigte.

15

Immer wieder trat Emily so nah wie möglich ans Wasser, um sich am Ufer umzusehen. Jedes Mal hoffte sie, aus einem neuen Blickwinkel Dinge zu entdecken, die ihr bisher entgangen waren. Vor allem suchte sie nach dem hölzernen Turm von Hendrik Marxfelds Foto, ihrem – genau genommen – einzigen Anhaltspunkt.

Erst wenn sie ihn gefunden hatte, würde sich zeigen, ob ihre Suche in der Geistersiedlung irgendeinen Sinn machte oder nicht. Aber so sehr sie auch Ausschau hielt, sie entdeckte ihn nirgends.

Sie ärgerte sich wahnsinnig, dass sie kein Fernglas mitgenommen hatte. Andererseits dachte sie, dass es diesen Turm vielleicht gar nicht mehr gab. Hendrik hatte ihn das letzte Mal vor über zehn Jahren gesehen. Und dass seither hier praktisch alles verfallen war, war nicht zu übersehen.

Plötzlich huschte etwas Grünes direkt vor ihren Füßen über den Trampelpfad. Es berührte ihre Schuhe. Sie erschrak fast zu Tode. Unwillkürlich stieß sie einen Schrei aus. Es konnte keinen Zweifel geben, dass das eine Schlange gewesen war, eine kleine und dünne zwar, aber eindeutig eine *Schlange*.

Sie suchte sich einen dicken Knüppel, mit dem sie von nun an bei jedem Schritt links und rechts des Weges auf Gras und Gestrüpp schlug, um vor ähnlichen Überraschungen halbwegs sicher zu sein. Schneller kam sie dadurch natürlich nicht unbedingt voran.

Als sie endlich die Halbinsel erreichte, war es schon sechs Uhr durch. Noch allerdings hatte sie bis zum Einbruch der Dunkelheit über zwei Stunden Zeit.

Auch aus der Nähe schien die Halbinsel völlig unberührt. An dem Holzhaus konnte sie von außen nichts entdecken, was sie nicht schon vom anderen Ufer aus gesehen hatte. Der verwilderte Garten, in dem sie stand, hatte etwas Verwunschenes und zugleich fast Idyllisches.

Das Haus selbst ließ sie an eines der Hexenhäuschen aus den Märchen denken, die ihr Vater ihr früher vorgelesen hatte. Langsam und überaus vorsichtig tastete sie sich weiter voran. Spinnenfäden glänzten golden in der tiefstehenden Sonne.

Mit dem Fuß stieß sie die halb herausgebrochene Tür des Hauses auf, die vollkommen morsch war. Die verrosteten Scharniere knarrten und quietschten. Gerade wollte Emily vorsichtig den Kopf durch den Türrahmen stecken, als sie plötzlich ein Schreck erfasste, gegen den der mit der Schlange harmlos war. Panisch fuhr sie zurück. Mit lautem Flügelschlag flatterte ein riesiger dunkler Vogel auf, der direkt hinter der Tür gesessen hatte. Jetzt flog er an ihr vorbei ins Freie, und dabei berührte er mit der einen Seite seiner Flügel ihren Kopf, mit der anderen den verfallenen Türrahmen. Ganz kurz schien es, als würde der Riesenvogel dadurch das Gleichgewicht verlieren. Dann aber konnte er sich fangen und verschwand im Dunkel zwischen den Bäumen. Im letzten Moment erkannte Emily, dass es eine Eule war.

Danach herrschte eine geradezu gespenstische Stille, nichts rührte sich mehr. Schließlich hörte Emily ein ganz leises, kratzendes Geräusch. Es war ein großer, dunkelbrauner Käfer, der über die löchrigen Holzdielen humpelte.

Noch immer stand sie wie erstarrt in der halb herausgebrochenen Tür. Ihr aufgewirbelter Pulsschlag beruhigte sich kaum. Der Blick ins Innere des Hauses war ihr durch eine zweite Tür versperrt. In krassem Gegensatz zur ersten schien diese vollkommen unversehrt. Der Geruch dieses Hauses erschien Emily weit weniger muffig als der aus dem Backsteinbau auf der anderen Seeseite. Plötzlich spürte sie, wie ihre Knie weich wurden. Ihre Kräfte verließen sie. Ihr wurde schwarz vor Augen. Sie setzte sich auf die hölzerne Veranda vorm Haus und atmete so tief durch, wie sie es vermochte.

Ganz langsam gewann die Welt um sie her ihre Farben zurück. Sie konnte die Konturen der Bäume und Sträucher wieder erkennen, und der seltsame Druck auf ihrem Brustkorb löste sich allmählich auf.

Nur wenige Meter vor ihr lag der See. Es war vollkommen windstill, die Wasseroberfläche glatt wie eine Folie. Sie wusste nicht, woher es mit einem Mal kam. Aber plötzlich war sie absolut sicher, dass weder Vera noch Alex sich an diesem See befanden. Weder in diesem noch in irgendeinem anderen Haus.

Alles hier war so friedlich und ruhig, es hatte etwas geradezu Vollkommenes. Ganz offenbar war an diesem See, bis vielleicht auf den einen oder anderen Obdachlosen, der Schutz vor der Nacht suchte, seit vielen Jahren kein Mensch mehr gewesen.

Am anderen Ufer sah Emily das Grundstück mit dem Backsteinbau, in dem sie vorhin gewesen war. Völlig versunken schien das Haus dort drüben im Schatten vor sich hinzudösen. So wie alles andere hier ebenfalls.

Die Vögel in den Bäumen zwitscherten jetzt wieder munter drauflos. Gelbe und weiße Schmetterlinge flatterten angeregt durch den verwilderten Garten. Außer Emily selbst gab es hier keinen Menschen weit und breit. Darauf hätte sie jeden Eid geschworen.

Sie hatte sich völlig verrannt gehabt in die Idee, dass Vera Alex hierher verschleppt haben könnte. Aber alles, was sie vorgefunden hatte, war ein verlassenes Waldgrundstück um einen ebenso verlassenen See. Beides schien in einen tiefen, hundertjährigen Schlaf gefallen. Währenddessen arbeitete die Natur daran, sich dieses einst von Menschen eroberte Gebiet langsam und mit viel Geduld wieder zurückzuholen. Das war alles. Emily spürte, wie diese Gedanken sie beruhigten.

Gleich würde sie noch einen abschließenden Blick in das Haus hinter sich werfen und dann von hier verschwinden. Sie dachte daran, dass ihr Handy-Akku leer war. Auf dem Weg hierher hatte sie tatsächlich eine dieser alten Telefonzellen gesehen, aber bis zu der war es noch ein ganzes Stück Weg. Von dort aus könnte sie ihren Vater anrufen, damit er sie abholte.

Aber ihre Gedanken beruhigten sie nicht nur, sondern frustrierten sie gleichzeitig. Bis jetzt hatte sie wenigstens die Hoffnung gehabt, nah an Alex dran zu sein. Jetzt dagegen musste sie zugeben, dass sie vor dem absoluten Nichts stand. Alle ihre bisherigen Überlegungen konnte sie vergessen. Der einzige Fortschritt – wenn man das überhaupt so nennen wollte – bestand darin, dass sie nun mit Sicherheit ausschließen konnte, dass Alex in der Geistersiedlung am Silbersee versteckt war.

Am nächsten Tag konnten und mussten sie ganz von vorne anfangen. Immerhin hoffte Emily, dass vielleicht die Polizei schlauer war als sie und sich mittlerweile auf der richtigen Spur befand. Aber auch diese Hoffnung war nicht groß.

Urplötzlich befiel sie eine lähmende Resignation. Die Sicherheit, dass sie alle Alex niemals finden würden, dass er für immer verschwunden blieb, wuchs ins Unermessliche. Dass sie angefangen hatte zu weinen, merkte sie erst, als sie die ersten Tränen auf ihre Hose fallen sah.

Sie wischte sich die Augen und schaute noch einmal auf den friedvollen Schlummer des Backsteinhauses gegenüber. Plötzlich glaubte sie zu erkennen, wie sich im Gebüsch direkt neben dem Haus etwas bewegte. Sie fuhr zusammen und sah schnell, dass sie sich nicht getäuscht hatte. Ein großer und ungewöhnlich fetter Hase schlüpfte aus dem Gebüsch und hoppelte gemächlich auf die andere Seite des Gartens. Dort verschwand er erneut im Gestrüpp. Fast hätte sie über sich selbst gelacht, glaubte dann aber, ihren Augen nicht trauen zu können.

Aus den Sträuchern, in denen der Hase verschwunden war, ragte etwas nach oben heraus. Etwas Dunkles. Von hier aus schien es fast wie ein kleines, seltsam abgebrochenes Haus. Man musste allerdings schon sehr genau hinschauen, um überhaupt etwas erkennen zu können.

Emily kniff die Augen zusammen und ging so nah wie möglich ans Wasser. Das seltsame Gebilde dort drüben schien aus Holz zu sein. Vier in unterschiedlicher Höhe abgebrochene dicke und runde Bohlen, die durch Querverstrebungen miteinander verbunden waren. Nachdem sie dies nach und nach erkannt hatte, zweifelte sie keine Sekunde mehr, dass es sich um die Überreste des Turms handelte, auf denen Hendrik Marxfeld als Fünfjähriger fotografiert worden war. Sie hatte ein Gefühl, als gieße jemand Blei in ihr Herz.

Noch einmal führte sie sich die beiden betroffenen Fotos vor Augen. Sie brauchte nicht lange, um sich absolut sicher zu sein. Wenn dort drüben die Überreste von Hendrik Marxfelds Turm standen und Hendrik sich nicht getäuscht hatte, dann befand sie sich hier in dem Garten, in dem die Bilder von Vera als Kind gemacht worden waren. Daran konnte es nicht den geringsten Zweifel geben.

Später konnte sie sich nur sehr schwer daran erinnern, was sie in diesen Augenblicken fühlte oder dachte. Schrecken, Angst und Panik erfüllten sie vollständig. Gleichzeitig war da ein Gefühl, als hätte sie endlich den winzigen Zipfel von etwas erwischt, von dem ihr Leben abhing. Dann kam es ihr vor, als würde sie aus dem Haus hinter sich beobachtet. Im gleichen Augenblick sagte ihr der Verstand, dass das wahrscheinlich Quatsch war. Aber selbst wenn: Falls Vera tatsächlich in diesem Haus war, dann hatte sie sie ohnehin schon längst entdeckt.

Trotzdem versteckte Emily sich hinter einem Gebüsch. Es war der pure Instinkt, der sie so handeln ließ. Ihr Verstand hatte in diesem Moment nicht viel zu sagen. Keine Sekunde die Deckung vernachlässigend, schlich sie Stück für Stück zum Haus zurück. Schließlich war sie unter einem der Fenster angekommen.

Um in Ruhe verschnaufen zu können, blieb Emily zunächst in geduckter Haltung hocken. Plötzlich dachte sie wieder, dass alles, was sie hier gemacht hatte, kompletter Schwachsinn war. Schließlich hatte sie nie daran gezweifelt, dass dieser Turm von Hendrik Marxfeld wirklich existierte. Jetzt hatte sie ihn entdeckt und tat so, als würde das die Welt verändern. Genau genommen aber hatte der Turm überhaupt nichts mit dem Verschwinden von Alex zu tun, auch nicht mit seinem jetzigen Aufenthaltsort. Gerade wollte Emily ihre Deckung aufgeben und genau das tun, was sie auch vorher schon hatte tun wollen: So schnell wie möglich von hier verschwinden. Sonst würde sie auf ihrem Heimweg garantiert in die Dunkelheit geraten, wozu sie nicht die geringste Lust hatte.

Im letzten Moment fiel ihr Blick auf eine kleine quadratische Stelle nackter Erde direkt neben ihren Füßen, die sofort ihre Aufmerksamkeit fesselte. An irgendetwas erinnerte sie diese Stelle, ohne dass ihr sofort klar war, an was.

Es sah aus, als habe dort jemand etwas vergraben. Die Erde war braun und, obwohl es seit zwei Tagen nicht mehr geregnet hatte, noch feucht. Die Stelle war also noch nicht sehr alt. Genau in der Mitte befanden sich zwei kleine Löcher. Direkt neben diesen Löchern lag ein kleiner, in der Mitte geknickter Ast. An ihrer eigenen Fußspur erkannte sie, dass sie zuvor darauf getreten sein musste. Und dann plötzlich wusste sie, was sie hier vor sich hatte.

Aufgeregt griff sie den Zweig und steckte die beiden Enden in die Löcher. Ihre Hände zitterten. Der Zweig sah jetzt aus wie ein Pfeil, der in den Himmel zeigte. Ihre letzten Zweifel verschwanden. Diese Stelle war ein Vogelgrab. Einen zum Pfeil geknickten Ast hatte sie selbst vor nicht allzu langer Zeit als Grabsymbol erfunden und zusammen mit Alex auf einem Vogelgrab angebracht.

Dieses hier war ein bisschen größer, aber das änderte natürlich nichts. Der Einzige, der außer Lena und ihr dieses Symbol kannte, war Alex. Sie kniete mitten auf dem kleinen Grab und zählte eins und eins zusammen.

„Hallo, Emily“, hörte sie plötzlich eine Stimme. Der Mensch, dem diese Stimme gehörte, stand direkt hinter ihr. Sofort wusste sie, wer es war.

„Welche Freude, dass du alleine hergefunden hast. Da brauche ich dich ja gar nicht mehr abzuholen.“

Die Stimme war ohne jeden Funken Ironie und klang tatsächlich erfreut. Langsam drehte Emily sich um. Sie hatte sich nicht getäuscht, Vera lächelte, und ihr Gesicht war voller Freundlichkeit.

Noch ehe sie hochkommen konnte, drückte Vera mit ihrer rechten Hand ein weißes Tuch auf ihr Gesicht. Ihren Hinterkopf presste Vera auf ihre Oberschenkel. Alles um Emily herum wurde schwarz, das Singen der Vögel endete. Es war, als versacke sie in tiefem Schlamm, in dem es kein Halten mehr gab.

Das Gefühl, die ganze Zeit über nur gefallen zu sein, blieb auch nach dem Aufwachen. Jetzt war Emily irgendwo angekommen, hatte aber keine Ahnung, wo das war.

Sie befand sich allein in einem kleinen Zimmer, wo sie in einem Bett lag. Nichts von dem, was sie um mich herum wahrnahm, hatte sie jemals zuvor gesehen.

Das winzige Fenster war mit Brettern vernagelt. Sie hatte eine verschwommene Erinnerung daran, so etwas Ähnliches heute schon einmal gesehen zu haben: ein mit Brettern vernageltes Fenster. Sie konnte sich aber nicht daran erinnern, wo das gewesen war und in welchem Zusammenhang.

Zwischen dem Holz gab es kleine Ritzen, durch die etwas Sonnenlicht eindrang. Eine kleine Lampe in der gegenüberliegenden Ecke auf dem Boden gab dem Raum zusätzlich sein trübes Licht.

Über dem Bett, aber auch sonst überall an den Wänden und der Decke hingen Tücher. Leichte, bunte, durchsichtige Tücher. Es wirkte wie in einem Traum, selbst auf dem Boden waren überall solche Tücher. Außerdem lagen verschiedene Kissen herum, große und kleine, auch sie in den verschiedensten Farben.

Mittlerweile wusste Emily genau, dass dies hier kein Traum war, auch wenn sie noch immer keine Ahnung hatte, was es stattdessen sein sollte.

Dann fiel ihr ein, wo sie so ein Fenster heute schon mal gesehen hatte: an den Häusern der Geistersiedlung am Silbersee. Dies war der erste Dominostein ihrer Erinnerung. Die anderen folgten automatisch nach.

Alex war verschwunden. Vera hatte ihn entführt. Emily hatte ihn an diesem See, der Silbersee genannt wurde, gesucht. Hier hatte sie schließlich auch das alte Holzhaus entdeckt. Dann den Turm auf der anderen Seite. Den geknickten Zweig, das Vogelgrab. Vera. Ihr Lächeln. Das weiße Tuch in ihrer Hand. Das weiße Tuch auf ihrem eigenen Gesicht. Der Schlamm, in den sie fiel.

Das Bild war sehr schnell zu einem Ganzen geworden und Emilys Erinnerung war vollständig.

Sie zweifelte jetzt nicht mehr daran, dass sie sich im Innern des Holzhauses befand und blickte zur Uhr. Es war kurz nach sieben. Ihre Bewusstlosigkeit hatte nicht lange gedauert. Emily hatte das Gefühl, keine Sekunde länger in diesem Bett liegen bleiben zu können. Sie musste wissen, was oder wer sich außerhalb des Raumes noch in diesem Haus befand. War tatsächlich Alex hier?

Sie ging zur Tür, aber die war verschlossen. Sie klopfte und rief Veras Namen. Alles blieb still. Sie untersuchte die Tür, die einen viel zu stabilen Eindruck machte. Emily schaute durchs Schlüsselloch. Es steckte kein Schlüssel darin, dafür hing von der anderen Seite ein Tuch davor, sodass sie nichts sehen konnte. Vermutlich eins der Tücher, mit denen auch dieser Raum so reichlich ausgestattet war.

Verzweifelt klopfte sie noch einmal, diesmal länger und lauter. So lange, bis ihr die Hände wehtaten. Wieder rief sie nach Vera, erneut keine Reaktion. Die Stille draußen war so absolut, dass sie sich plötzlich sicher war, allein im Haus zu sein. Wieder wurde ihr schwarz vor Augen. Das Gift der Betäubung war offenbar noch nicht aus ihrem Körper verschwunden.

Sie ließ sich auf den Boden sacken, den Rücken gegen die Tür gelehnt. Gern hätte sie geweint, aber selbst dazu war sie zu erschöpft. Sie hatte nicht die leiseste Ahnung, was sie tun sollte. Tausend Fragen schossen gleichzeitig durch ihren Kopf.

Was wollte Vera von ihr? Warum hielt sie jetzt auch sie gefangen? Rief sie vielleicht gerade wieder bei ihrem Vater an, um ihm zu sagen, dass sie nun auch Emily in ihrer Gewalt hatte? Und vor allem: Wo war Alex?

Resigniert stellte sie fest, dass sie auf keine einzige dieser Fragen eine Antwort hatte. Dann fiel ihr ein, dass Hendrik Marxfeld wusste, wo sie war. Zumindest wenn er hörte, dass sie verschwunden war, würde er es wissen. Aber er wollte sich erst morgen früh bei ihr melden. Und auch dann war nicht sicher, dass er sofort erfuhr, was geschehen war. Bis zu ihrer Rettung konnte also noch einige Zeit vergehen, zumindest musste sie sich auf eine Nacht als Veras Gefangene in diesem Haus einstellen. Eine Nacht, deren Verlauf und Ende ungewiss waren.

Emily hörte, dass von außen ein Schlüssel ins Schloss gesteckt und sofort umgedreht wurde. Sie machte die Tür frei, die nun geöffnet wurde.

„Warum machst du denn einen solchen Lärm?"

Veras Frage war nicht unfreundlich, aber ohne jeden Funken Verständnis.

„Endlich schläft der Kleine mal. Was meinst du wohl, wie lange ich dazu gebraucht habe? Hast du Hunger?"

16

Emily hatte Hunger wie ein Bär. Aber sie weigerte sich, so zu tun, als ob sie das alles hier völlig normal fände. Und Hunger war etwas ziemlich Normales. Also ging sie auf Veras Frage nicht ein.

„Was soll das alles?", fragte sie stattdessen, ohne vom Boden aufzustehen. „Warum betäubst du mich? Warum sperrst du mich hier ein? Was hast du mit Alex vor?"

Die Schärfe ihrer Stimme bewies ihr selbst, dass es langsam wieder bergauf ging mit ihr. Auf der anderen Seite schien es genau diese Schärfe zu sein, die Vera absolut nicht verstand.

„Was ist denn nur los?", wollte sie wissen.

Vom Tonfall her hätte sie ebenso gut fragen können, was denn überhaupt passiert sei. Es hörte sich irgendwie besorgt an. Als sei Emily etwas ganz Unbegreifliches zugestoßen, von dem sie nichts wusste.

Im nächsten Moment verschloss sie die Tür von innen und zog den Schlüssel ab. Dann stand sie wieder vor Emily und wirkte einfach nur hilflos, wie jemand, der nicht verstand, warum seine Partygäste sich nicht wohlfühlten. Dass sie Emily gerade erst erneut den Weg in die Freiheit versperrt hatte, schien sie schon wieder aus ihrem Gedächtnis gestrichen zu haben.

Emily begriff, dass sie so nicht weiterkam. Veras Vorstellungen davon, was unbegreiflich war und was nicht, klafften allzu weit auseinander. Wenn sie etwas erfahren wollte, musste sie sich besser auf Vera einstellen, von der Gleiches umgekehrt nicht zu erwarten war. Sie schien völlig gefangen in ihrer Vorstellungswelt.

Emily spürte ein vages Gefühl von Überlegenheit, was seltsam war. Schließlich war sie Veras Gefangene, nicht umgekehrt. Ihr aber kam es so vor, als ob sie *beide* Gefangene wären. Es schien ihr, dass Vera sich selbst nicht entkommen konnte. Vielleicht musste Emily sie ebenso befreien wie Alex und sich selbst? Sie konnte diese Gedanken und Gefühle nicht erklären, aber sie waren da.

„Setzt du dich zu mir?" Emily bemühte sich, versöhnlich zu klingen.

Sie sah Vera an, dass sie sich über diese Einladung tatsächlich freute. Obwohl es überhaupt nicht zu ihr passte, setzte Vera sich neben sie auf den Boden, den Rücken wie Emily an die Wand gelehnt. Emily schien das ein gutes Zeichen zu sein. Es war Vera wichtig, dass sie mit ihr redete.

Vera trug eine Jogginghose, was ungewöhnlich war, Jogginghosen gehörten nicht zu ihrem üblichen Kleidungsstil. Nicht ungewöhnlich dagegen war, dass diese Hose ziemlich teuer aussah. Außerdem hatte sie ein schräg gestreiftes T-Shirt und sehr noble Sportschuhe an. Sie schien soeben einem Werbeprospekt für Sportkleidung entsprungen.

„Alex schläft?", fragte Emily vorsichtig.

Vera nickte und lächelte wie eine zufriedene Mutter.

„Wo ist er?"

„Nebenan", sagte sie. „Wir müssen leise sein. Dann schläft er sicher endlich mal eine Nacht durch."

„Was er bisher nicht getan hat?"

Es schien Emily besser zu sein, das Gespräch auf keinen Fall abreißen zu lassen.

„Kaum." Es klang besorgt. „Er hat sehr viel geschrien. Aber heute war er viel zufriedener. Und zuletzt war er wirklich müde. Es hat ihm gutgetan, dass wir draußen gespielt haben."

„Ihr habt einen toten Vogel gefunden?"

„Und begraben", ergänzte sie traurig. Es schien sie nicht zu wundern, dass Emily Bescheid wusste. Sie war so versunken in ihre plötzlichen Traurigkeit, dass sie Emilys Hellsichtigkeit gar nicht bemerkte.

„Der arme Kleine", sagte sie. Für einen ganz kurzen Moment wusste Emily nicht, ob sie vom Vogel sprach oder von Alex. Aber natürlich meinte sie das Tier. Im Grunde hatte Emily längst begriffen, dass Vera an Alex' Situation nichts Bedauernswertes fand. Ihm musste es ja gut gehen, er war schließlich bei ihr.

Emily fragte, ob sie Alex sehen könne.

„Nein", sagte Vera freundlich. „Das geht jetzt nicht."

Eine Erklärung gab sie nicht ab. Aber Emily merkte, dass es keinen Sinn machte, in diese Richtung weiter zu drängen. Die Stille, die plötzlich entstand, hatte etwas seltsam Bedrohliches, obwohl Vera die ganze Zeit in sich hineinlächelte.

Fieberhaft überlegte Emily, wie sie das Gespräch erneut in Gang bringen konnte. Sie hatte Angst, dass Vera wieder gehen könnte, wenn es nichts mehr zu sagen gab. Und sie hatte Angst davor, wieder allein zu sein in diesem seltsamen Zimmer mit all den bunten Tüchern und Kissen. Allein zu sein mit ihren Gedanken und Befürchtungen und nicht die leiseste Ahnung zu haben, wann das alles endete.

„Ja", sagte Emily schließlich. „Der Tod ist immer etwas Schreckliches. Etwas, das wir am liebsten vermeiden wollen."

Sie hätte nicht sagen können, mit was genau sie nach diesem Satz rechnete. Vielleicht mit irgendeiner Form von Zustimmung. Emily hielt den Satz für eine Selbstverständlichkeit, eigentlich nichts weiter Bemerkenswertes. Alle Menschen, die sie kannte, fanden den Tod schrecklich, alle wollten den Tod am liebsten vermeiden. Auf gar keinen Fall rechnete sie mit dem, was nun von Vera kam.

„O nein!", rief sie empört. „Wie kommst du denn dazu, so etwas zu behaupten?"

Sie war plötzlich so aufgeregt, dass sie nicht sitzen bleiben konnte. Sie sprang hoch und rannte wie aufgezogen durchs Zimmer, bei jedem Schritt flatterten ein paar der Tücher auf, die überall herumlagen.

„Den Tod vermeiden", fuhr sie fort. „Das kann man doch nicht einfach so sagen."

Emily war vollkommen verdattert über Veras Reaktion und hatte keine Ahnung, was sie ihr entgegnen sollte.

„Aber warum denn nicht?", fragte sie schließlich.

„Weil es nicht stimmt!", schrie Vera sie an. Sie war direkt vor ihr stehen geblieben und stampfte wütend mit dem Fuß auf. „Oft ist der Tod die beste Lösung. Manchmal sogar die einzige."

„Entschuldige", sagte Emily, scheinbar kleinlaut. „Das wusste ich nicht."

Offenbar traf sie den richtigen Tonfall. Vera schien sofort besänftigt. Sie hockte sich zu Emily hinunter und streichelte ihr Haar.

„Tut mir leid", sagte sie. „Ich wollte dich nicht anschreien, mein kleiner Engel. Aber es war einfach so ein dummes Zeug, was du da geredet hast. Verzeihst du mir?"

„Natürlich", antwortete Emily, scheinbar großzügig und kleinlaut zugleich. „Ich bin eben sehr dumm. Ich weiß es nicht besser."

Vera umarmte sie, Emily spürte ihren Atem am Ohr.

„Erklärst du mir", flüsterte sie vorsichtig, „wieso das so ist mit dem Tod? Warum kann man nicht sagen, dass wir alle den Tod vermeiden wollen?"

Fassungslos blickte sie Emily an.

„Du bist wirklich *sehr* dumm", sagte sie schließlich. Jetzt klang es fast fröhlich. „Lass uns aufs Bett setzen, da ist es bequemer als hier. Dann erklär ich es dir."

Mit äußerst gemischten Gefühlen folgte Emily ihr. Sie setzten sich gegenüber im Schneidersitz aufs Bett, zwischen ihnen höchstens ein halber Meter Abstand. Sie schauten sich direkt an. Veras Augen wirkten in diesen Momenten mild, gleichzeitig aber sehr entschlossen.

„Habe ich dir eigentlich schon von meiner Kindheit erzählt?", fragte sie.

Emily fielen die verschiedenen Versionen ein, die sie ihrem Vater Paul und ihr selbst geliefert hatte. Vera hatte ihm erzählt, dass sie als Zehnjährige ihre Eltern durch einen Flugzeugabsturz verloren hatte. Emily gegenüber hatte sie dagegen behauptet, ihre Mutter sei bei ihrer Geburt gestorben, ihr Vater habe getrunken und sie im Stich gelassen und sie selbst sei in Heimen und Pflegefamilien aufgewachsen.

Emily wusste nicht, wie sie auf ihre Frage reagieren sollte. Sie glaubte nicht, dass es gut war, wenn sie Vera jetzt auf die Widersprüche ihrer Geschichten aufmerksam machte.

„Ich weiß nicht mehr genau", sagte Emily schließlich unbestimmt. Damit konnte Vera machen, was sie wollte.

„Meine Mutter hat mich sehr geliebt", begann sie. „Mein Vater ist leider früh gestorben, sehr früh. Er ..."

Wie Emily es fast befürchtet hatte, war dies eine dritte Version. Wenn sie überhaupt etwas an Veras Geschichte interessierte, dann war es die Wahrheit. Sie hatte das Gefühl, offensiver werden zu müssen. Irgendetwas musste sie Veras offenbar kranker Phantasie entgegenhalten. Ihr fielen die Fotos ein.

„Ich habe bei deinen Sachen ein Fotoalbum gefunden", unterbrach sie.

Vera erschrak, der begonnene Satz blieb ihr im Hals stecken. Sie starrte Emily an.

„Ich glaube dass du diese Fotos als Kind gemacht hast. Und ich glaube, dass es nicht sehr viele Bilder aus deiner Kindheit gibt. Sonst hättest du sicher nicht gerade diese so sorgfältig aufbewahrt. Die Qualität ist nicht besonders."

„Es waren meine ersten Fotos", entgegnete Vera. „Deshalb habe ich sie aufgehoben."

Emily fiel auf, das sie sofort angefangen hatte, sich zu rechtfertigen. Aber sie sagte nichts dazu, auf keinen Fall wollte sie Vera in die Enge treiben. Sie schien ihr wie eine Zeitbombe, die jeden Augenblick hochgehen konnte.

„Sind die Bilder hier am See gemacht?", fragte sie harmlos.

Vera nickte. Ihr Blick fiel aus Emilys Gesicht herunter auf die Bettdecke. Sie sah plötzlich aus wie ein kleines Mädchen. Emily hatte das Gefühl, dass sie langsam dem entscheidenden Punkt näher kamen.

„Und die beiden", hakte sie nach, „die immer wieder auf den Bildern zu sehen sind, sind deine Eltern?"

Vera nickte erneut. Und sagte wieder nichts, blickte Emily nicht an. Emily kam es vor, als schäme sie sich. Auch wenn sie nicht durchblickte, *wofür.* Vielleicht für ihre Eltern? Aber warum? Emily konnte sich keinen Reim auf das alles machen.

„Habt ihr hier gewohnt?", fragte sie. „In diesem Haus?"

Vera schüttelte heftig den Kopf.

„Die Ferien waren wir immer hier", sagte sie. „Und oft am Wochenende." Noch immer sah sie Emily nicht an.

„War das schön?" Emily merkte, dass sie mit Vera redete wie mit einem Kind. Vielleicht, weil sie sich so benahm.

„Sehr schön!"

Wie die aufgehende Sonne breitete sich ein strahlendes Lächeln auf Veras Gesicht aus. Es kam *zu* plötzlich und wirkte nicht echt. Aber dass es sie überzeugen sollte, spürte Emily sehr genau. Überzeugen davon, wie schön es hier gewesen war. Eine wie glückliche Kindheit sie gehabt hatte.

Das Lächeln verschwand so schnell wie es gekommen war. In ihrem Gesicht blieb eine vollkommene Leere zurück. Erneut fielen ihre Blicke kraftlos herunter. Alles Leben schien aus ihr zu weichen.

Emily dachte, dass dies der geeignete Augenblick wäre, sie zu überwältigen. Aber irgendetwas hielt sie zurück. Was das war, konnte sie auch später nicht sagen. Vielleicht, so vermutete sie selbst, war es die pure Neugier. Sie wollte wissen, was hinter all dem hier steckte. Und in diesen Augenblicken spürte sie nicht wirklich die riesige Gefahr, die weiter von Vera ausging.

„Wann sind deine Eltern gestorben?", fragte sie.

Erschrocken sah Vera sie an. In ihrem Blick war außerdem eine Angst, die Emily nicht verstand.

„Woher weißt du, dass sie tot sind?"

„Das hast du mir irgendwann mal erzählt", erklärte Emily harmlos.

„Wirklich?"

„Ja, wirklich." Erst diese Bestätigung schien sie zu beruhigen.

„Ach so", sagte sie.

Das Gespräch ließ Emily an ein kleines Feuer denken. Wenn sie nicht ab und zu nachlegte, würde es erlöschen. Aber das durfte nicht passieren, noch nicht, noch war sie nicht weit genug gekommen. Wenn Vera sie jetzt wieder hier einsperrte, gab es keinerlei Sicherheiten, weder für Alex noch für sie selbst.

Das Einzige, was ihr sicher erschien, war Veras Unberechenbarkeit. Sie war das einzig Berechenbare. In einem Moment schien sie so harmlos wie in der Zeit, als Emily sie kennengelernt hatte, aber schon im nächsten Augenblick schien sie zu allem fähig.

„Wie alt warst du", fragte Emily, um das Feuer nicht erlöschen zu lassen, „als du die Fotos gemacht hast?"

„Drei", sagte sie leise. „Oder vier oder fünf. Ich ging noch nicht zur Schule."

„Man kann wenig auf den Bildern erkennen", sagte Emily. „Waren deine Eltern ..." Sie suchte nach den richtigen Worten, dann sagte sie einfach, was sie dachte: „Waren sie alte Eltern?"

Vera nickte, schien sich wieder zu schämen.

„Sie waren älter", sagte sie, „als bei vielen anderen die Großeltern."

Emily hatte das Gefühl, einen erneuten Vorstoß wagen zu müssen, sonst kamen sie nicht von der Stelle. Sie musste etwas riskieren.

„Du hast hier alles sehr schön gemacht", sagte sie. „Alles sieht so bunt und leicht aus mit den Tüchern überall."

„Nicht wahr?" Ganz offensichtlich freute sie sich über Emilys Anerkennung.

„Warum war das hier ein Ort des Bösen?" Emily schoss die Frage ab wie einen unerwarteten Pfeil. Und traf damit Vera mitten in die Seele. Emily spürte die Gefahr. Vera stand kurz vor einer Explosion. Emily hatte keine Ahnung, warum das so war. Und sie wusste nicht, was dann passieren würde.

„Du hast es selbst einmal so genannt", sagte sie so schnell, dass sie Veras Reaktion zuvorkam. Vera beruhigte sich.

„Ach so", sagte sie und jedes Problem schien ausgeräumt.

„Das war einmal", sagte sie erleichtert. „Jetzt ist es ein guter, schöner, bunter und leichter Ort."

„Warum schließt du mich dann hier ein?“

Wieder stachen Emilys Worte zu. Ob sie wollte oder nicht: sie konnte jetzt nicht mehr anders.

„Warum hältst du Alex seit Tagen hier gefangen?“

Vera starrte sie fassungslos an. Die Worte hatten sie überrumpelt. Emily war wieder in der überlegenen Position. Diesmal musste sie das besser nutzen.

„Das ist weder gut, noch schön, noch bunt oder leicht!“, schrie sie sehr plötzlich und so laut sie konnte. „Das ist ein schweres, ganz unglaubliches Verbrechen! Und eine Riesenschweinerei!“

Jetzt reagierte Vera. Sie sprang auf, die Situation drohte ihr zu entgleiten. Panisch rannte sie zur Tür und schloss sie auf. Wenn Emily sie jetzt gehen ließ, das wusste sie, dann hatte sie verloren. Sie hatte nur eine Chance, nur eine einzige: Sie musste Vera angreifen, körperlich, und sie musste sie überwältigen.

Wie eine Raubkatze sprang sie die Gegenerin von unten her an. Vera taumelte, aber sie fiel nicht. Sie war stärker, als Emily es eingeschätzt hatte. Auf jeden Fall war sie stärker als sie selbst, viel stärker. Sie brauchte sich nur einmal zu schütteln und Emily flog völlig haltlos von ihr ab. Ungebremst knallte sie auf den Fußboden. Ein starker Schmerz durchfuhr ihren gesamten Körper, schien weder einen Anfang noch ein Ende zu haben.

Als sie wieder hochschauen konnte, war Vera verschwunden. Sie rannte zur Tür, die natürlich verschlossen war. Emily hatte nicht mal mehr die Kraft, dagegen zu klopfen oder zu schreien. Sie sackte auf den Fußboden. Die Tränen liefen aus ihr heraus, ohne dass sie es hätte verhindern können. Es dauerte, bis sie überhaupt merkte, dass sie weinend dasaß. Sie weinte solange, bis es ihr vorkam, als sei keine einzige Träne mehr in ihr.

Von Vera hörte sie nichts. Es hätte sie nicht gewundert, wenn die auf der anderen Seite der Tür ebenso hockte wie sie auf ihrer.

17

„Vera", rief sie leise. Ihre Erschöpfung war kaum kleiner geworden. „Ich muss zur Toilette. Lass mich raus."

Emily hätte nicht sagen können, wie lange sie schon so auf dem Boden hockte. Durch die Ritzen zwischen den Brettern sah sie, dass es draußen fast dunkel war. Ihre Uhr war stehen geblieben, hatte beim Sturz auf den Boden etwas abbekommen.

Sie dachte an ihren Vater, der sich mit Sicherheit große Sorgen machte. Sie hatte keine Nachricht hinterlassen. Er würde bei Lena anrufen und gemeinsam würden sie es danach bei allen möglichen Leuten versuchen, die infrage kamen. Wenn Lena dabei an Hendrik Marxfeld dachte, gab es eine Chance, dass sie sie noch in dieser Nacht hier finden würden. Aber war dieser Gedanke für Lena nicht viel zu weit entfernt? Emilys kleine Hoffnung versickerte wie ein Tropfen in vertrockneter Erde.

Sie hörte, dass der Schlüssel in der Tür umgedreht wurde. Mit leisem Knarren ging die Tür auf. Es war Vera, auch sie hatte geweint. Die Schminke in ihrem Gesicht war verlaufen, sie sah entstellt aus.

So wortlos wie Vera die Tür geöffnet hatte, so wortlos ging Emily zur Toilette. Alles war sehr schlicht, aber sauber. Nach dem Händewaschen ließ sie sich lange kaltes Wasser übers Gesicht laufen, fühlte sich danach etwas frischer.

Emily unternahm keinen zweiten Versuch, Vera zu überwältigen. Ihre rechte Körperhälfte schmerzte von dem unsanften Aufprall, den ihr der erste Versuch beschert hatte. Auf ihrer Hüfte war ein riesiger Bluterguss. Sie war froh, sich offenbar nichts gebrochen zu haben.

Vera schloss sie nicht wieder ein. Das Zimmer, in dem sie jetzt saßen, war der zentrale Raum des Hauses. Außer einer Holzbank und einem alten Tisch gab es auch hier keine Möbel. Es war sehr ruhig. In einer Ecke standen zwei Farbeimer, auf denen Pinsel und Farbrollen lagen.

„Morgen werde ich streichen", sagte Vera. „Die Wände können es vertragen, findest du nicht? Wenn du willst, kannst du mir helfen. Alles soll schön sein, wenn dein Vater zu uns kommt."

Es hörte sich an, als seien sie eine normale, glückliche und gut funktionierende Familie. Diesmal schaffte Emily es nicht, sich auf Veras Spiel einzulassen. Als sie ihr antwortete, dachte sie nicht über die Gefahren nach.

„Dann musst du dich aber beeilen", zischte sie giftig. „Mein Vater wird mit Sicherheit noch heute Nacht hier auftauchen. Und zwar nicht alleine, sondern mit der Polizei."

„Mit der Polizei?" Vera schien keine Ahnung zu haben, was das heißen sollte. „Was redest du denn da, mein kleiner Engel?"

Entnervt sprang Emily auf.

„Natürlich mit der Polizei!", rief sie. „Mit wem denn sonst? Vielleicht mit der Heilsarmee?"

Sie sah Panik in Veras Augen entstehen und wachsen. Die Bedeutung ihrer unbedachten Worte wurde ihr bewusst.

„Aber will er denn nicht bei uns wohnen?", fragte sie in weinerlichem Ton. „Du hast doch selbst gesagt, dass er mich liebt."

„Das hat er vielleicht mal", antwortete Emily gnadenlos. Sie musste ihren Kurs jetzt beibehalten. „Aber natürlich tut er das nun nicht mehr. Er liebt doch keine Verrückte, die seine eigenen Kinder entführt."

„Entführt?", wiederholte Vera fassungslos. „Eine Verrückte? – Warum sagst du so was?"

„Weil es die Wahrheit ist!" Die Worte platzten förmlich aus ihr heraus. Sie war so wütend wie noch nie in ihrem Leben. „Du hast nur eine einzige Chance. Und zwar, wenn du mich und Alex gehen lässt. Sofort! Ist das klar?"

Veras Antwort war ein lautes Lachen.

„Was redest du denn da?", fragte sie. „Dies hier ist doch euer neues Zuhause."

„Red keinen Mist!", schrie Emily. „Verdammte Hexe!"

Veras Lachen starb.

„Ich verstehe dich wirklich nicht", sagte sie. „Wovor hast du Angst?"

„Angst?!" Noch nie hatte Emily einen Menschen so haltlos angeschrien, sie kannte sich selbst nicht. „Dass ich nicht lache! Vor wem denn wohl? Etwa vor dir? Du lächerliche Figur!"

Je lauter Emily wurde, desto leiser wurde Vera.

„Natürlich nicht vor mir." Emily konnte sie kaum noch verstehen. „Warum solltest du vor deiner Mutter Angst haben?"

„Du bist nicht meine Mutter!" Emily sah den Speichel aus ihrem eigenen Mund fliegen. Vera ignorierte ihre Worte vollständig.

„Vielleicht", sagte sie stattdessen, „hast du Angst vor diesem Haus. Schließlich war es ein böser Ort. Aber das musst du nicht. Es ist kein böser Ort mehr. Es ist ein guter Ort geworden. Ein sehr guter Ort sogar."

„Du redest völligen Schwachsinn."

Emily hatte nicht mehr die Kraft, zu schreien, ließ sich auf die Bank fallen. Wo war Alex? Er musste ihr Schreien doch gehört haben. Irgendwas stimmte hier nicht.

„Wieso ist Alex nicht aufgewacht?"

Emilys Frage stand wie eine Mauer im Raum.

„Natürlich schläft er noch", antwortete Vera schnell. „Er ist nur *sehr* müde. Er ist oben."

„Zeig ihn mir. Jetzt sofort."

Um ihrer Forderung Nachdruck zu verleihen, baute Emily sich vor ihr auf, stemmte die Fäuste in die Hüften. Sanft lächelnd stand Vera auf.

„Na schön", sagte sie. „Wenn du es verlangst. Ich habe nichts zu verbergen."

Sie ging voraus zur Treppe und Emily wunderte sich, wie problemlos sie ihrer Forderung nachkam. Sie machte nicht den kleinsten Versuch, sie umzustimmen. Schlief Alex tatsächlich?

Ihr neues Vertrauen machte Emily leichtsinnig. Noch vor Vera nahm sie die erste Treppenstufe. Sie spürte einen kurzen, dumpfen Schmerz am Hinterkopf, bis ihr Erinnerungsfaden riss.

Nach dem Erwachen konnte sie sich kaum bewegen, wusste zuerst nicht warum. Wieder lag sie im gleichen Zimmer und im gleichen Bett. Ihr Mund war ausgetrocknet. Sie schaute an sich herunter und sah, dass zwei breite, weiße Gurte sie eng ans Bett fesselten. Gurte, wie man sie in Psychiatrien bei widerspenstigen Patienten verwendete. Emily wollte aufstehen, scheiterte aber. Die Gurte waren viel zu knapp geschnallt. Das Einzige, was Emily überhaupt bewegen und ein wenig anheben konnte, war ihr Kopf.

Sie sah, dass jetzt in der gegenüberliegenden Ecke ein Schaukelstuhl stand. Darauf saß Vera. Mit dem rechten Bein stieß sie sich immer wieder so ab, dass sie vor und zurück wippte. Auf dem Arm hielt sie Alex, der das Gesicht ihr zugewandt hatte und schlief. Emily brauchte eine Weile, um zu begreifen, dass sie nicht träumte. Kurz spürte sie eine riesige Erleichterung, Alex wiederzusehen.

Draußen war es vollkommen dunkel. Vera sah, dass Emily aufgewacht war und lächelte sanft. Emily konnte sie nur schemenhaft erkennen. Sie saß direkt vor der kleinen Lampe, der einzigen Lichtquelle im Raum.

„Was soll das alles?", fragte Emily. Ihre Stimme klang wie weit entfernt.

„Du wolltest Alex sehen", meinte Vera. „Jetzt siehst du ihn."

„Warum hast du mich gefesselt? Und woher hast du überhaupt diese Dinger?"

„Du bist nicht gefesselt", behauptete sie. „Du bist fixiert. Die Fesseln sind Fixiergurte. Die kenne ich noch gut aus dem Krankenhaus. Sehr gut sogar. Dort haben sie immer gesagt, dass sie nur zu meiner eigenen Sicherheit eingesetzt werden. So musst du das auch sehen. Und ich hab sie von meiner Tante, die hab ich vor ihrem Tod lange gepflegt. Ohne die Gurte wäre sie mir nachts aus dem Bett gefallen."

Emily hatte keine Ahnung, ob sie ihr diese Geschichte abkaufen konnte, aber es war ihr auch egal. Vera *hatte* diese Gurte, woher auch immer und sie war damit gefesselt. Das war alles, was zählte, und es war alles andere als gut.

Vera schien über irgendetwas nachzudenken, ihr Gesicht verfinsterte sich.

„Du bist mir nicht wohlgesonnen", sagte sie dann. „Das hast du mich vorhin sehr deutlich spüren lassen. Damit gefährdest du dich selbst. Solange das so ist, ist es besser für dich, du bist fixiert. Ich halte dich für unberechenbar."

Das ausgerechnet von ihr zu hören, war der Höhepunkt der Absurdität, es hatte etwas schon fast Bizarr-Komisches. Leider war Emily nicht nach Lachen zumute.

Veras Tonfall hatte sich vollkommen geändert. Weder war er überspannt noch sonst irgendwie merkwürdig. Sie redete, wie Emily es aus ihrer Anfangszeit gewohnt war. Freundlich, bestimmt, sachlich und klar. Das hätte sie beruhigen können, tat es aber nicht. Vera beherrschte die Situation vollständig.

„Ich glaube", fuhr sie fort, „deine ablehnende Haltung kommt daher, dass du mich nicht verstehst. Deshalb habe ich mich entschlossen, dir von mir zu erzählen. Im Grunde weißt du gar nichts von mir."

Alex schlief auf ihrem Arm tief und fest. Er rührte nicht mal den kleinen Finger. Und er störte sich nicht daran, dass sie redete.

„Es interessiert mich auch nicht. Ich will hier raus." Emily bereute ihre Worte sofort. Aber Vera ging gar nicht darauf ein. Emily nahm sich fest vor, ab jetzt zu schweigen.

„Ich war schon einmal verheiratet", sagte Vera, ohne ihren Tonfall zu ändern. „Mein Mann war wie dein Vater. Sie könnten Brüder sein, so ähnlich sind sie sich."

Für einen Augenblick versank sie in ihre Erinnerung, erzählte dann weiter: „Wir wollten viele Kinder zusammen haben. Aber dann hat er mich wegen einer anderen verlassen. Einfach so, von einem Tag auf den anderen."

Sie stand auf und legte Alex auf eines der großen Kissen auf dem Boden. Während sie weiter redete, ging sie langsam im Zimmer hin und her. Emily ließ sie keine Sekunde aus den Augen.

„Ich bin damals krank geworden", sagte Vera. „Sehr krank. Ich bin in diese Klinik gekommen, in der sie mich fixiert haben. Und vollgestopft mit Medikamenten."

„Aber warum?" Wieder kamen die Worte unkontrolliert aus Emilys Mund.

„Die Ärzte sprachen davon, dass ich in eine Psychose gefallen sei", erklärte Vera. „Und wahrscheinlich stimmte das sogar. Nur ganz langsam ging es mir wieder besser."

„Wie lange ist das her?"

„Noch nicht so lange. Als ich deinen Vater kennenlernte, war ich ungefähr ein halbes Jahr wieder draußen.“

„Warum fällt man in eine Psychose?“, fragte Emily. „Andere werden auch von ihren Partnern verlassen.“

Beim Reden spürte sie ihren ausgetrockneten Mund. Sie fragte nach etwas zu trinken. Es fiel ihr schwer, ihre Peinigerin um etwas zu bitten. Vera holte einen Becher mit kaltem Tee.

„Wenn du mir versprichst, schön brav zu sein“, sagte sie, „befreie ich deine Arme.“

Emily versprach es. So brauchte sie wenigstens Veras Hilfe nicht beim Trinken. Das Anheben des Kopfes verursachte ihr starke Schmerzen. Der Tee war viel zu bitter. Sie leerte den Becher in einem einzigen, gierigen Zug.

„Dass Klaus mich verlassen hat, war nur der Auslöser der Psychose. So haben es die Ärzte erklärt.“ Problemlos knüpfte Vera an die letzte Frage an. „Die Ursachen dafür lägen in meiner Kindheit, sagten die Ärzte.“

Sie setzte sich wieder auf den Schaukelstuhl, ließ Alex auf dem Kissen weiterschlafen. Er lag noch immer völlig unbewegt da.

„Was war denn in deiner Kindheit?“, fragte Emily. Endlich hatte sie das Gefühl, dass sie sich dem entscheidenden Punkt näherten. Aber wie schon einmal, machte Vera auch jetzt den Versuch, im letzten Moment auszuweichen.

„Das ist nicht wichtig“, meinte sie, setzte ihr rastloses Auf und Ab durchs Zimmer fort.

„Wichtig ist nur, dass ich jetzt mit Paul endlich den Mann gefunden habe, mit dem ich glücklich sein kann.

Er hat zwei Kinder. Ich werde euch eine gute Mutter sein. Das verspreche ich dir."

Unaufhaltsam schien sie erneut in den Strom ihres Wahnsinns zu geraten. Wenn Emily weiterkommen wollte, musste sie das irgendwie verhindern.

„Schnallst du mich bitte ab?", fragte sie.

Verwirrt blickte Vera sie an, schien aber langsam in die Realität zurückzukommen. Die alte Sachlichkeit breitete sich in Gesicht und Stimme aus.

„Noch nicht", sagte sie. „Ich habe es dir gerade erklärt. Du musst noch warten."

„Was war mit deiner Kindheit?", wiederholte Emily. „Was war mit deinen Eltern? Wie waren sie? Wie sind sie gestorben?"

„Das sind ziemlich viele Fragen auf einmal", meinte Vera. Jede Form von Verrücktheit schien komplett aus ihr verschwunden. „Aber wenn es dich wirklich interessiert, werde ich versuchen, sie dir alle zu beantworten."

„Ich stelle nie Fragen", behauptete Emily, „die mich nicht interessieren."

„Im Grunde sind sie auch schnell beantwortet", sagte Vera. „Meine Kindheit war manchmal schön. Meine Eltern waren manchmal nette Eltern. Und sie sind gestorben, weil der Tod kam."

Sie machte eine Pause. Emily hatte das Gefühl, dass es am besten war, jetzt nichts zu sagen. Sie spürte eine plötzliche starke Müdigkeit. Sie versuchte, sie zu verscheuchen.

„Aber meistens war meine Kindheit die Hölle. Mein Vater war der Teufel. Und sie sind gestorben, weil meine Mutter sie beide getötet hat."

Das Schweigen nach diesen Worten stand greifbar im Raum. Emily hatte das Gefühl, nur die Hand danach ausstrecken zu müssen. Ihre Müdigkeit blieb.

18

„Ich habe meinen Vater sehr geliebt."

Veras Worte betteten sich in das übermächtige Schweigen. „Wir alle haben uns sehr geliebt. Wir waren eine tolle Familie."

„Du hattest keine Geschwister?"

Vera schüttelte energisch den Kopf.

„Das brauchten wir nicht", behauptete sie mit Nachdruck. „Wir drei waren uns selbst genug."

Emily fragte nicht, wie sich das mit dem vertrug, was sie erst vor wenigen Minuten gesagt hatte. Dass ihr Vater der Teufel war. Dass sie in der Hölle gelebt hatten. Und dass ihre Mutter sich selbst und ihn getötet hatte.

Sie hatte begriffen, dass Vera nicht in der Lage war, diesen Widerspruch aufzulösen. Und dass vermutlich genau darin das große Problem ihres Lebens bestand. Außerdem fiel Emily das Denken immer schwerer. Die Müdigkeit hatte angefangen, ihre Gedanken zunächst sanft und dann immer heftiger zu vernebeln. Sie wehrte sich dagegen. Das Letzte, was sie wollte, war einschlafen.

Ihre Blicke wanderten zu Alex. Er hatte ihr den Rücken zugekehrt, so dass sie sein Gesicht nicht sehen konnte. Seine Haltung hatte er, seit er auf dem Kissen lag, nicht um einen Millimeter geändert.

„Ich glaube, mein Vater hat mich ein bisschen zu sehr geliebt“, sagte Vera.

„Kann man das?“, fragte Emily. „Jemanden zu sehr lieben?“

„Natürlich kann man das.“ Vera sah sie überrascht an.

„Ist es dann noch Liebe?“

„Meinst du nicht?“ Unsicher rieb Vera ihre Handflächen aneinander.

„Ich weiß es nicht“, sagte Emily. „Aber ich glaub eher nicht.“

Sie betrachtete Alex. Es war ein friedliches Bild, wie er da schlief. Trotzdem befiel sie die plötzliche Angst, dass etwas mit ihm sein könnte. War es normal, wie regungslos er schlief? Schlief er überhaupt? Konnte es nicht genauso gut sein, dass er bewusstlos war? Vielleicht sogar …

Sie wagte es nicht, den Gedanken zu Ende zu denken. Nur noch unkonzentriert hörte sie Vera zu. Ihr Hauptaugenmerk lag auf Alex.

„Ich hatte nie eine Freundin“, sagte Vera. „Oder einen Freund. Ich war immer mit meinen Eltern zusammen. Wir haben alles gemeinsam gemacht. Sie wollten nicht, dass ich rausgehe. Die Welt war gefährlich.“

Nicht die leiseste Regung bei Alex. Emily versuchte zu erkennen, ob er atmete, aber das war gar nicht so einfach. Wenn er atmete, dann nur sehr flach und ihre Sorge stieg. Sie musste irgendetwas unternehmen, sonst wurde sie auch noch verrückt. In diesen Augenblicken war ihre Müdigkeit wie weggeblasen.

„Mir ist schlecht“, sagte sie. „Ich muss zur Toilette. Mach mich los.“

Ihr war tatsächlich schlecht. Aber sie dachte nicht daran, wenn sie frei war, ihre Zeit mit einem Toilettengang zu verschwenden.

Vera schien nicht darüber nachzudenken, was sie tat oder nicht. Sie ging zu Emily, als gäbe es keine andere Möglichkeit für sie. Umständlich machte sie sich am ersten Gurt zu schaffen. Emily dachte, dass es gut war, sie weiter abzulenken von dem, was sie machte.

„Warum hat deine Mutter deinen Vater getötet?", fragte sie.

„Sie hat gewusst, dass er mich zu sehr liebt. Ich war sein kleiner Engel, verstehst du?"

„Nein", sagte Emily. „Ich verstehe nicht."

Vera redete viel mehr mit sich selbst als mit Emily, weshalb sie deren Einwand überging.

„Sie hat es seit Langem gewusst."

Der untere Gurt war jetzt geöffnet. Emily konnte ihre Beine wieder halbwegs bewegen. Vera widmete sich dem oberen Gurt.

„Aber sie hat nichts dagegen gemacht. Ich glaube, sie wollte unsere Familie nicht zerstören. Und dann hat sie es doch getan."

Emily schaute zu Alex. Er lag da wie tot.

„Was hast du mit Alex gemacht?", fragte sie.

Vera tauchte auf. Sie kam von sehr weit weg. Auch sie blickte zu Alex. Ihre Hände waren wie mechanisch weiter damit beschäftigt, den Gurt zu lösen.

„Gar nichts hab ich mit ihm gemacht", behauptete sie. „Ich werde doch meinem kleinen Liebling nichts tun. Was denkst du denn?"

„Er schläft viel zu tief." Emily bewegte sich, damit der Gurt sich schneller löste, aber es funktionierte nicht.

Vera lachte auf, viel zu laut.

„Ach, das meinst du", sagte sie. Es klang ganz erleichtert. „Ich hab ihm ein paar Tropfen gegeben. Damit er sich beruhigt. Die hab ich immer in der Klinik bekommen. Sie sind völlig ungefährlich. Mach dir keine Sorgen. Sie tun ihm gut."

In diesem Augenblick schaffte sie es. Der Gurt öffnete sich. Emily stand auf und ging zu Alex. Es fiel ihr schwer, ihre Arme und Beine zu bewegen. Die vollständige Durchblutung setzte nur langsam ein. Ihre Müdigkeit hatte sie schwerfällig und langsam gemacht, das hatte sie so nicht erwartet. Als sie endlich bei Alex war, packte sie ihn verzweifelt. Sie streichelte ihn. Er wachte nicht auf. Nicht das leiseste Zucken in seinem Gesicht, keine Regung.

„Was machst du denn?!", schrie Vera sie an und zerrte an Alex' kleinem Körper herum. Schließlich so sehr, dass Emily loslassen musste, um ihn nicht zu verletzen. Als Vera ihn hatte, warf sie ihn auf ihre Schulter. Es sah aus, als hantiere sie mit einer Puppe aus Stroh. Alex' Beine baumelten leblos herunter.

In plötzlicher Panik riss Vera die Türen auf und rannte aus dem Haus. Emily schaffte es nicht annähernd, ihrem Tempo zu folgen. Als sie endlich draußen angelangt war, sah sie Vera gerade noch im Dunkeln zwischen Bäumen und Sträuchern verschwinden.

So schnell sie konnte, folgte sie ihr, aber das war nicht besonders schnell. Sie rief Veras Namen und forderte sie auf, stehen zu bleiben. Auch ihre Stimme war kraftlos. Und alles war vergeblich. Vera blieb verschwunden. Emily sah und hörte nichts mehr von ihr. Es war, als habe es sie nie gegeben. Emily schien es, als sei sie soeben aus einem Albtraum erwacht. Als sei sie in Wahrheit die ganze Zeit allein hier im Wald gewesen.

Die Dunkelheit war ein schwarzes Loch. Emily konnte die Hand vor Augen nicht erkennen. Nur langsam tastete sie sich im Wald voran. Ihre Müdigkeit war kaum noch zu ertragen. Sie wusste nicht mehr, warum sie weiterging. In welche Richtung war Vera mit Alex verschwunden? Emily hatte keine Ahnung. Zweige schlugen ihr ins Gesicht und zerkratzten es. Sie spürte es, aber sie nahm den Schmerz nicht wahr. Die Müdigkeit überfiel sie in immer neuen Wellen. Ihr Körper wollte sich ausruhen, eine Pause einlegen. Ihr Verstand trieb sie weiter. Sie konnte sich nicht einfach hier in die Dunkelheit setzen. Was war, wenn sie tatsächlich einschlief?

Diese Frage war ihr letzter Gedanke. Sie stürzte. Ihr Bewusstsein löste sich in einem mysteriösen Nebel auf. Sie dachte nichts mehr. Die Müdigkeit überwältigte sie. Sie hatte keine Chance mehr, sich zu wehren.

Eine Stimme drang zu ihr durch. Eine Stimme, die wie in einer endlosen Litanei immer wieder dieselben Worte wiederholte. Emily konnte keines der Worte verstehen. Sie öffnete die Augen, erkannte aber nur verschwommene, graue Konturen. Die Stimme blieb. Ohne dass die Worte in ihr Bewusstsein vordrangen, spürte Emily, dass der Klang der Stimme etwas sehr Schönes und Angenehmes in ihr auslöste. Dann erkannte sie ihren Namen.

„Emily. Wach auf", sagte die Stimme. Und wieder: „Emily, aufwachen!".

Im gleichen Augenblick erkannte sie die Stimme und das Gesicht, das über ihr schwebte. Beides gehörte zu ihrem Vater. Erleichterung durchströmte ihren Körper wie frisches Wasser.

Sie wollte etwas sagen, aber es ging nicht. Es war, als klebe ihre Zunge am Gaumen fest.

Als ihr Vater sah, dass sie ihn erkannt hatte, lächelte er. Er nahm sie in den Arm. Emily hörte seine Stimme, die: *Gott sei Dank!,* sagte. Sie hörte sie ganz dicht an ihrem Ohr.

Paul drehte sich nach hinten, blickte über seine Schulter: „Sie ist wach", rief er. „Sie hat gelächelt. Ich glaube, es geht ihr gut." Emily hörte auch seine Erleichterung.

„Wo ist Alex?", fragte sie in plötzlich aufsteigender Panik.

„Der Suchtrupp ist im Anmarsch", sagte Paul. „Es wird nicht mehr lange dauern."

Emily begriff nur langsam, dass sie in einem Krankenwagen lag. Der stand im Garten des Hauses, in dem sie gefangengehalten worden war. Der Morgen dämmerte, als sie diese Details begriffen hatte.

Im Haus hatte man ein starkes Schlafmittel gefunden. Die Befürchtung, dass Emily davon etwas im Körper haben könnte, hatte sich jedoch nicht erfüllt. „Einfach eine große Erschöpfung", sagte der Notarzt.

„Aber Alex", sagte Emily. „Er hat so tief geschlafen."

„Dann können wir nur hoffen, dass er sehr schnell gefunden wird."

Emilys Vater hatte auf der Suche nach ihr von Hendrik Marxfeld erfahren, dass er zusammen mit Emily am nächsten Tag zum Silbersee wollte. Ihr Vater hatte die Polizei alarmiert und zusammen hatten sie Emily hier in der Nähe des Hauses gefunden. Wie ohnmächtig schlafend hatte sie zwischen ein paar Bäumen gelegen. Vera und Alex waren verschwunden.

Auch Lena und Hendrik Marxfeld waren inzwischen aufgetaucht. Die beiden wiederzusehen, verlieh Emily zusätzliche Kräfte. Die panische Sorge um Alex konnte es nicht mindern. Sie setzte sich auf.

„Bei seiner Körpergröße und seinem Alter ist ein Schlafmittel äußerst gefährlich", sagte der Arzt. „Jedenfalls eins von dem Kaliber, wie es im Haus lag. Aber es ist ja gar nicht gesagt, dass sie es ihm überhaupt gegeben hat." Er legte ein paar medizinische Instrumente in einen Koffer. „Wir müssen ihn unbedingt so schnell wie möglich finden. Und dann hoffen, dass es nicht schon zu spät ist."

Kommissarin Lohmüller, die Leiterin des Einsatzkommandos, hatte sofort einen Suchtrupp angefordert. Es sollten Hunde dabei sein. Das Gelände um den Silbersee würde weiträumig gesichert, die Zufahrtsstraßen gesperrt. „Was ist, wenn sie schon gar nicht mehr in der Gegend ist?", fragte Emily ihren Vater.

Er zuckte die Schultern. Kein Mensch wusste, wie viel Vorsprung Vera genau hatte.

„Leider können wir das nicht ausschließen", meinte die Kommissarin, „aber natürlich auch nicht bestätigen."

„Wahrscheinlich hatte sie alle Zeit der Welt", fügte ihr Assistent hinzu, „um sonst wo hinzugelangen."

Kommissarin Lohmüller informierte sie über den Stand der Ermittlungen. Vera hieß eigentlich Verena Kluge. Ihren Namen hatte sie nach der Psychiatrie auf eigene Faust in Vera Fortmann geändert. Offenbar war das ein Teil ihres Versuchs gewesen, sich von ihrem alten Leben zu befreien.

Viele der Andeutungen, die Vera Emily gegenüber gemacht hatte, waren nach dem Bericht der Kommissarin zur finsteren Gewissheit geworden.

Veras Mutter hatte vor über dreißig Jahren ihren Mann im Wochenendhaus am See ermordet. Danach hatte sie sich selbst an einem Baum direkt vor dem Haus erhängt.

Über Veras letztendliches Motiv gab es nur Vermutungen. Wahrscheinlich war, dass ihr Vater sich über einen längeren Zeitraum hin immer wieder an seiner kleinen Tochter vergangen hatte. Veras Worte, ihr Vater habe sie *zu sehr* geliebt, bekamen so eine neue Bedeutung.

Man vermutete weiter, dass die Mutter das Ganze lange Zeit gedeckt, sich dann aber plötzlich eines anderen besonnen hatte. Jedenfalls hatte sie ihrem Mann mit dessen Jagdgewehr erschossen und sich dann selbst gerichtet. Wahrscheinlich war, dass die sechsjährige Vera dies alles mit angesehen hatte. Emily fielen die Worte des Taxifahrers ein, der sich eher verschwommen an eine blutige Familientragödie hier am Silbersee erinnert hatte.

„Darf ich aufstehen?", fragte Emily den Arzt.

Er nickte. „Ausnahmsweise. Aber seien Sie noch sehr vorsichtig. Keinerlei körperliche Anstrengung. Sie waren wirklich sehr erschöpft."

Emily stieg aus dem Krankenwagen. Obwohl es noch sehr früh war, schien bereits die Sonne, es würde ein warmer Tag werden. Hoch in den Bäumen zwitscherten die Vögel, das hier hätte das Paradies sein können.

Inzwischen aber war endgültig klar, dass es Veras Hölle gewesen war. Ihre Versuche, sie in ein Paradies zu verwandeln, waren von ihrem persönlichen Wahnsinn geprägt. Ein Wahnsinn, den man nachvollziehen konnte, wenn man ihre Geschichte kannte. Gleichzeitig einer, der so schnell wie irgend möglich gestoppt werden musste. Bevor es für Alex zu spät war. Emily betete.

Lena gab ihr ein Zeichen, dass sie sie allein sprechen wollte. Emily verschwand mit ihr um die Hausecke. Hendrik Marxfeld folgte ihnen.

„Wir müssen irgendwas machen", sagte Lena, als sie alleine waren. „Wir können nicht warten, bis die mit ihren Hunden auftauchen."

Emily stimmte sofort zu. Ihr Gefühl sagte ihr, dass Vera nicht weit entfernt war. Dass sie das Gelände am See nicht verlassen hatte. Dieser See hatte eine ganz besondere Bedeutung für sie. Eine Bedeutung, die im Laufe der Zeit für Emily immer besser erkennbar geworden war.

Aus ihrer Sicht machte es kaum Sinn, jetzt plötzlich anderswo hinzugehen. Emily glaubte, Vera mittlerweile schon recht gut zu kennen. Je mehr sie ihre Motive nachvollziehen konnte, umso besser konnte sie sich ausrechnen, was sie als Nächstes tun würde.

„Ich bin mir sicher", sagte Emily, „dass sie noch in unmittelbarer Nähe des Hauses ist."

„Kaum", meinte Lena. „Da haben sie schon alles abgesucht, wobei sie dann dich gefunden haben."

Emily war froh, Lena wiederzuhaben. Auch wenn ihre Worte sie nicht begeisterten, hatte sie natürlich recht. Ein Gefühl tiefer Machtlosigkeit befiel sie.

„Das Gelände ist viel zu groß", sagte Emily. „Dann müssen wir wohl doch auf die Hundestaffel warten."

Ihr Blick fiel auf Hendriks Gesicht. Er rieb sich gerade mit dem Zeigefinger übers Kinn, dachte über irgendwas nach.

„Nach allem", sagte er schließlich, „was ihr von dieser Vera erzählt habt, ist sie zwar durchgeknallt, aber nicht dumm."

„Ganz sicher nicht", bestätigte Emily.

„Das erklärt, weshalb sie nicht mehr in unmittelbarer Nähe des Hauses ist. Wahrscheinlich hat sie gesehen, dass hier die Polizei angerückt ist. Da hat sie sich verkrümelt. Schließlich will sie nicht entdeckt werden."

„Aber es macht für sie auch keinen Sinn", meinte Lena, „ganz woanders hinzugehen."

„Das muss sie doch auch gar nicht", entgegnete Hendrik. „Vielleicht reicht es ihr erst mal, wenn sie das Haus im Auge behält. Dann könnte sie immer noch zurückkehren, wenn die ganze Aufregung sich gelegt hat."

In diesem Moment begriff Emily, was er meinte. Womit sich allerdings ihre Hoffnung zerschlug, dass er vielleicht die Lösung gefunden hatte.

„Der Turm?", fragte sie. „*Dein* Turm?"

„Genau. Von dort kann sie alles überblicken, was hier abläuft. Am ganzen See gibt es keinen besseren Ort dafür."

„Der Turm steht nicht mehr", sagte Emily. „Nur noch seine Ruine."

„Das ist egal", erklärte Hendrik Marxfeld. „Das ganze Grundstück drüben ist die reinste Aussichtsplattform für die Halbinsel hier."

Emilys Skepsis blieb.
„Also was ist?", fragte Hendrik. „Kommt ihr mit?"

19

Unterwegs rief Emily den beiden anderen zu, dass sie keine Rücksicht auf sie nehmen sollten. Unmöglich konnte sie ihr Tempo halten. Die vom Arzt diagnostizierte schwere Erschöpfung lähmte weiter ihre Schritte.

Trotzdem hatten sie keine Zeit zu verlieren. Jede Sekunde konnte von entscheidender Bedeutung sein.

Zweimal musste Emily sich setzen und konnte erst nach ein paar Minuten weiter. Als sie sich endlich dem Turmgrundstück näherte, sah sie Lena und Hendrik Marxfeld hinter einem Gebüsch kauern, als beobachteten sie etwas. Vorsichtig winkte Hendrik sie heran.

Er legte zwei Finger auf die Lippen und hielt Lena zurück, die scheinbar weiter wollte. Nach einer Weile erkannte Emily, was die beiden im Visier hatten. Unmittelbar hinter der Turmruine kniete Vera auf der Erde. Emily sah, dass deren Bewegungen hektisch waren, aber sie konnte nicht erkennen, was sie machte. Die Entfernung betrug mindestens dreißig Meter.

„Wo ist Alex?", flüsterte sie.

„Er liegt neben ihr im Gras", sagte Hendrik. „Er scheint zu schlafen."

„Worauf warten wir dann noch?", fragte Emily.

„Wir wissen nicht, was sie da tut", antwortete er. „Vielleicht etwas, das ihn gefährdet. Wir sollten die Ruhe bewahren."

In diesem Augenblick erkannte Lena, was sie machte.

„Sie gräbt ein Loch", sagte sie. „Mit den bloßen Händen."

Sie gab sich jetzt keine Mühe mehr, leise zu reden. Obwohl Vera sie auf jeden Fall gehört haben musste, reagierte sie nicht. Tatsächlich grub sie ein Loch, ihre Bewegungen dabei wurden immer hektischer. Emily sah, dass Vera weinte und sie hörte, dass sie irgendetwas vor sich hinredete. Immer wieder die gleiche kurze Satzmelodie. Die Worte konnte sie nicht verstehen.

Emily dachte an das Vogelgrab. Aber was neben Vera lag, war kein toter Vogel. Panisches Entsetzen befiel sie. Wie in Zeitlupe sah sie Lena, die anfing zu laufen. Emily schrie irgendetwas und rannte ebenfalls los. Sie erkannte ihre eigene Stimme nicht. Die Angst drohte sie zu töten.

Vera hob ein Grab für Alex aus.

Jetzt verstand sie die Worte: „Du bist tot", sagte Vera immer wieder. „Du bist tot. Du bist tot." Es war eine endlose Wiederholung.

Lena war bei Alex angelangt und hob ihn hoch. Emily sah alles, aber sie hörte nichts mehr. Sie bestand nur noch aus Augen.

Sie sah Hendrik Marxfeld, der plötzlich vor ihr stand. Er holte sein Handy aus der Tasche. Sie sah sich selbst, wie sie sich auf Vera stürzte und mit den Fäusten auf sie einschlug. Sie wusste, dass sie irgendetwas schrie, aber sie hörte es nicht.

Sie sah Vera, die sich nicht wehrte. Sie nahm nicht mal die Arme hoch, um sich zu schützen, immer wieder schlug Emily zu. Sie wusste nicht, ob und wohin sie traf oder wie lange sie zuschlug. Sie spürte nur, dass sie jemand von hinten packte und hochriss.

Es war Hendrik, der sie sofort in den Arm nahm.

„Der Arzt ist gleich da", sagte er. Seine Worte klangen beruhigend. Sie waren das Erste, das Emily wieder wahrnahm. Dann hörte sie Lena:

„Ich glaube, er lebt!", schrie sie aufgeregt. „Er atmet noch! Ganz deutlich."

Die Ärzte kämpften mehrere Stunden verzweifelt um Alex' Leben. Nachdem ihnen die Rettung geglückt war, blieb lange Zeit eine große Unsicherheit, ob er bleibende Schäden zurückbehalten würde oder nicht. Schließlich aber zerstreute sich auch diese Befürchtung. Seither sagt Lena, dass sie an Gott glaubt. Emily hat das schon vorher getan, aber nun vielleicht noch ein bisschen mehr.

Vera Fortmann, die eigentlich Verena Kluge heißt, lebt jetzt in der geschlossenen Abteilung eines psychiatrischen Krankenhauses. Die Ärzte dort prognostizieren, dass sie voraussichtlich nie wieder gesund werden wird.

„Eigentlich ist sie das auch zwischenzeitlich nicht gewesen", sagt Emilys Vater. „Gesund."

Er kommt gerade von einem mehrstündigen Gespräch mit dem leitenden Arzt. Sie sitzen im Garten unter dem großen Sonnenschirm. Es ist ein brütend heißer Tag. Lena ist da, mit Alex und ihrer Mutter. Sie haben Eis mitgebracht. Alle sind bemüht, nach den aufreibenden Ereignissen wieder so was wie *Normalität* aufkommen zu lassen. Auch wenn jedem Einzelnen insgeheim klar ist, dass es bis dahin noch ein sehr weiter Weg sein wird.

„Wahrscheinlich hat ihr Vater sie in ihren ersten Lebensjahren schon sehr krank gemacht. Dass sie später seine Hinrichtung durch die eigene Mutter und dann deren Selbsttötung miterleben musste, hat ihr mit einiger Sicherheit den Rest gegeben.“

„Aber danach hat sie offenbar doch jahrelang ganz unauffällig gelebt“, wendet Emily ein.

„Zumindest nach außen“, sagt ihr Vater. Alex sitzt auf seinem Schoß, und er füttert ihn mit Eis. „Natürlich weiß niemand, wie es in ihr drinnen ausgesehen hat. Wahrscheinlich ganz anders, meinen die Ärzte. Als ihre große Liebe sie dann Jahre später verlassen hat, ist das ganze Gerüst, das sie um ihre Krankheit aufgebaut hatte, zum ersten Mal laut donnernd eingekracht. Das Loch, in das sie fiel, muss sehr tief gewesen sein. Damals kam sie zum ersten Mal in die Psychiatrie.“

„Hat man ihr dort denn nicht helfen können?“, fragt Kris.

„Offenbar nicht wirklich“, meint Paul, und Alex strahlt ihn von unten her an. „Zwar wurde sie nach zwei Jahren als geheilt entlassen, aber diesmal war die Fassade noch viel dünner.“

„Sie war ja erst ein paar Monate draußen“, sagt Lena, „als wir sie kennenlernten.“

„Eine eigene Familie zu gründen“, erklärt Emilys Vater, „in der sie alles besser machen wollte, schien der einzige Strohhalm zu sein, an den sie sich noch klammern konnte.“

„Aber wäre das nicht vielleicht wirklich der richtige Weg für sie gewesen?", fragt Kris.

„Vielleicht", antwortet er. „Aber letztlich stand sie sich wohl auch dabei selbst im Weg. Ich weiß es nicht. Am Ende kann keiner in die Seele eines anderen hineinschauen."

Was manchmal sicher auch ganz gut ist denkt Emily. Sie nimmt den letzten Löffel Eis aus ihrem Becher, während ihr Vater seinen an Alex gibt und mit einem Tuch den Mund abwischt. Die beiden schauen sich an wie zwei, die es mal miteinander versuchen wollen.

Seit den Geschehnissen am Silbersee hat Emily nicht sehr oft gelächelt und denkt manchmal, dass sie es ganz neu lernen muss. Jetzt aber lächelt sie. Dass es endlich sowas gibt wie eine Annäherung zwischen ihrem Vater und ihrem kleinen Bruder, ist vielleicht die gute Seite der Ereignisse. *Mein kleiner Bruder*, drei Worte, die sie sehr oft denkt, wie um sich daran zu gewöhnen, und manchmal spricht sie sie sogar laut vor sich hin. Mit jedem Mal fühlt es sich ein bisschen besser an. *Emily* registriert genau, wie auch Kris Vater und Sohn mit einem sehr vorsichtigen Lächeln auf den Lippen betrachtet.

Manchmal fragt sie sich, warum die beiden sich nach der Geburt von Alex praktisch aus den Augen verloren haben. Sie verstehen sich doch ganz gut. Erst vor ein paar Tagen hat sie versucht, mit Lena darüber zu reden, wenn auch nur zaghaft. Einer ihrer Versuche zurückzufinden ins ganz normale Leben. Irgendwie muss schließlich alles weitergehen. Und sie will, dass es weitergeht. Die vorhandenen Ansätze erscheinen ihr nicht schlecht.

„Da halte ich mich ab jetzt raus“, hat Lena damals gesagt. „Das steht fest. Aber wie es aussieht, will Paul jetzt zumindest erst mal in finanzieller Hinsicht die Verantwortung für Pupsi übernehmen. Das nenne ich mal einen Anfang. Apropos Beziehungsanbahnung: Was ist eigentlich mit Hendrik und dir?“

Typisch, hat Emily gedacht und auch in diesem Moment etwas gelächelt. Während sie selbst noch darum kämpfte, hat Lena ganz einfach *angefangen* mit dem Leben danach.

Sie tat damals so, als hätte sie Lenas Frage nach Hendrik und ihr gar nicht gehört. Aber als sie jetzt an ihn denkt, hat sie plötzlich das Gefühl, dass vielleicht doch alles wieder gut werden könnte oder noch ein bisschen besser.

Ihr Vater hebt Alex von seinem Schoß auf den von Kris, und für einen Augenblick sehen die drei fast aus wie eine glückliche Familie.